罰ゲームでからかわれた俺、
小悪魔な後輩に慰められることに!?
今度は信じていいの? エッチもさせてくれるの!?
愛内なの
イラスト：能都くるみ
ぷちぱら文庫
creative

プロローグ 小悪魔で最高の恋人と

「先輩、綺麗な夕焼けですねー」

世界にふたりだけになったかのような静かな教室の中、窓の向こうに見える沈みゆく夕日を眺めながら、小谷野沙絢《こやのさあや》が呟いた。

もう完全下校時刻も近い。こんな時間まで学校内に残っているような学生はほとんどいないだろう。

そんな中、俺――杉山和也《すぎやまかずや》と彼女が、どうして残っているのか。

それは、ふたりきりの思い出を、より多く、校内のあちらこちらで作るためだ。

年月を重ね、いつか振り返ったときに、鮮明に懐かしく思い出すような綺麗な記憶を……という目的もないわけじゃないが、これからすることは、少しばかり違っている。

「和也先輩。こんなふうに恋人っぽく過ごすのもいいですけど……あまり時間もありませんし、エッチしましょうか？」

「それが目的だったけどさ、もう少し情緒ってものがあるといいとは思わないか？」

「することに変わりはありませんよね？　先輩は、わたしとエッチしたくないんですか？」

沙絢は挑発するように、ブラウスをはだけ、豊かな胸元……その深い谷間を見せてくる。

そんなことをされれば、視線がおっぱいに釘付けになるのもしかたないだろう。

「先輩ってば、そういうところ変わりませんよね♪」

沙絢はくすくすと笑いながら、耳元へと口を寄せてくる。

「何度も見て、触って、舐めて、吸って……そんなことまでしたのに、これくらいのことでまだ興奮するんですか？」

「するよ。好きな女の子のそんな姿を見て、興奮しないはずないだろ？」

「今のセリフ、もう一度、言ってください」

「恥ずかしいから、やだ」

「だったら、わたしのことを世界で一番愛しているってところだけでいいですよ？」

「そんなこと言ってないよなっ⁉」

「いえ、先輩は心の中でそう思っていました。わたしには、ちゃんとその声が聞こえましたから♪」

「幻聴か妄想だろ？」

「……違うんですか？」

じっと上目遣いに見られて、俺は言葉を失う。

「先輩は、わたしのこと……愛してないんですか？」

恋人になっても、いや……なる前から、俺は沙絢にはかなわないな。

「沙絢のこと、愛してる」

そう告げると、俺は彼女にキスをする。

「ん、んっ、ふぁ……♥」

唇を重ねるだけの淡い触れ合いに、沙絢は少しだけ不満げな顔をする。

「ちょっと待ってくれ」

彼女にそう告げると、俺は手近にあった椅子を引き寄せ、その上に腰を下ろす。

俺が何をしているのかわからないのか、沙絢は訝《いぶか》しげな視線を向けてくる。

「多少、座り心地が悪いかもしれないけれど、ここに――」

言い終える前に、沙絢は俺と向かい合うような格好で膝を下ろすと、胸を押しつけるように抱きついてくる。

「わたしのおっぱいを堪能したいのなら、そう言ってくれればいいのに♪」

「沙絢の椅子を、別に用意したほうがいいか？」

「用意しても、わたしが座るのは先輩の膝の上ですから、無駄になるだけですよ？」

そう言って、沙絢はことさらゆっくりと、身に着けていた服をはだけ、脱いでいく。

俺好みのものをと彼女に選ばされたブラジャーが外され、大きな乳房がたゆんっと、こぼれるように露《あらわ》になった。

「そんな顔して……先輩、見ているだけでいいんですか？　したいこと、ないんですか？」

年下のはずなのに、艶っぽく、色っぽく、俺へ問いかけてくる。

「……したい、こと……」

そう呟きながら、俺は半ば無意識に彼女の胸へと、手を伸ばしていた。

「あんっ♪」

手の平を押しつけるようにして、おっぱいを揉みしだく。

「ん……は……♥　こんな場所で、誰にも見つからないように隠れて……んんっ、エッチをするなんて……あ、ふ……先輩ってば、本当にヘンタイですよね♪」

「嫌がらずに相手をしている沙絢だって、同じってことになるぞ？」

「何を言ってるんですか、んっ、んぁ……♥　は、あぁん……わたしは、ん……先輩に、付き合ってあげてるだけなんですよ？　んっ、んっ……あ、ふ……♥」

胸への愛撫を嫌がる様子はなく、止めようともしない。

それどころか、胸を揉み、捏ねるほどに吐息は熱を帯び、声は甘くなってきている。

「そうか？　だったら、無理に付き合わせるのは悪いし、やめておくか？」

「はあ、はあ……。そんな、いじわるなことを言うなんて、んんっ……先輩なのに、生意気……ですっ」

「先輩なのにって……枕詞がおかしくないか？」

「おかしくないですよ？　先輩なんですから、後輩の……可愛い恋人のわがままを聞く義務があるんですから」

「そんな義務があるのは知らなかったな？」

「だったら、ここで覚えてください。それも、きっと思い出になりますよ？」

ちょんっと、ついばむようなキスをすると、俺のことを上目遣いに見つめてくる。

「それで、どうします？　やっぱり、エッチをするのをやめるんでしたっけ？」

「そうだな、やめるか」

「え……？」

予想外だったのか、俺の返答を聞いて沙絢は目を軽く見張った。

「……なんて、言えないのはわかってるだろ？」

「ふ、ふふんっ、そうでしょうね。可愛くて、魅力的な恋人の誘いを断るような先輩じゃありませんよね」

わかってましたよ？　みたいな顔をしてそんなことを言う。

素直じゃないところも、猫のように気ままなところも、俺をからかって楽しんでいる小悪魔っぽいところも、すべてが愛おしい。

「言葉なんかにしなくても、俺が今、どう思っているかなんてわかってるんじゃないか？」

俺は彼女の腰に腕を回し、ぎゅっと抱き寄せる。座っている位置がズレたことで、ズボンを押し上げている勃起チンポと彼女の股間が擦れる。

「あ……んっ♥　先輩のおちんちん……とっても硬くなってますね……」

ペニスを刺激するように、沙絢が腰を軽く前後させると、ふたり分の体重を受け、座っている椅子が小さく軋む。

「はあ、はあ……ん、先輩、気持ちいいですか……？」

「……うん。気持ちいい……」

「ふふっ、いつ、誰が来るかも、あっ……は、んぅ……わからないのに……んっ、後輩の女の子に責められて、あっ、はんっ……感じているんですか？」

耳元に口を寄せ、からかうように聞いてくる。

「沙絢だって、気持ちよくなっているんじゃないか？」

「はあ、はあ……先輩がそう思っているだけかもしれませんよ？」

「そうとしか見えないけれど？」

「だったら……確かめてみたらどうですか？」

そう言うと、沙絢は俺の両肩に手を置いて軽く腰をあげる。それだけで、彼女が何を求めているのかすぐにわかった。

スカートの中へと手を入れてパンツに指をかけると、ゆっくり引き下ろしていく。

チラリと見えた股間部分は、すっかり色が変わっていた。

「やっぱり……もう、こんなに濡らしていたんだな」

「わたしだって、先輩が相手じゃなかったら、こんなふうになりませんよ？」

さっきの俺の言葉をなぞるように答えると、沙絢はくすりと微笑う。

「次は、先輩の番ですね」

お返しとばかりに、ベルトを緩めてくる沙絢がやりやすいように腰をあげ、ズボンを脱がしてもらう。

「ん……すごく、熱くなってますね……」

ペニスの形を確かめ、覚えるようにカリのくびれをくすぐってなぞり、亀頭を優しく撫でてくる。

「あ、沙絢……く、ううぅっ」

甘い刺激に、つい声が出てしまう。

「先輩のおちんちんの先から、ぬるぬるしたのが滲んでますね」

沙絢は口元に笑みを浮かべながら、カウパーをペニス全体に塗り広げていくように、指を這わせ、擦り、扱《しご》いてくる。

「はあ、はあ……沙絢……」

「入れたいですか？　わたしのここ……おまんこへ、ガチガチになっているこのおちんちん、入れたいんですか？」

　からかうような口調で尋ねると、熱く濡れている秘裂をペニスに擦りつけるように腰を上下に揺する。

「ん……は……んっ♥　んっ♥　ね？　先輩……ここに、ぬるぬるになってる、わたしのここに、入れたいんですよね？」

　より興奮を誘うように、おっぱいを押しつけながら、耳たぶを甘噛みしてくる。

「はあ、はあ……うん、入れたい……沙絢と、したい……」

「いいですよ、先輩。このおちんちん、入れてください。わたしのここ、先輩のでいっぱいにしてください……」

　許可を出しながらもねだってくる。沙絢らしい言い回しに、自然と笑みが浮かぶ。

「……うん。入れるな」

　沙絢のお尻を掴んで軽く持ち上げると、膣口と亀頭の位置を合わせ、ゆっくりと挿入していく。

「あ、は…………んんっ♥」

　膣が十分に潤い、俺のチンポを抵抗なく……いや、喜んでいるかのようにうねりながら咥えこんでいく。

　彼女と一つになったことへの悦びと、蕩けるような快感が背筋を這い登ってくる。

「沙絢……」

彼女を支えるように腰に手を回し、前後に軽く動かそうと――。

「んっ、は……♥ 先輩、最初はわたしがしますから、いいって言うまで動いちゃだめですからね？」

自分から責めたい、したいと言い出すことは珍しくない。けれど、今回のはそれとは違う感じがする。

「もしかして、感じ過ぎて、すぐにイキそうだから……とか？」

つい呟くと、沙絢が軽く息を呑む。

「だ、だめですからね？」

「わかってる。大丈夫、勝手なことはしないから」

「……本当ですよ？」

「でも、いつまでもこのままなら、少し動いちゃうかもしれないな」

沙絢の腰をぐいっと引き寄せる。

「ふあああっ⁉」

チンポがおまんこの奥をぐりっと擦ると、沙絢が甘い悲鳴を上げる。

「だ、だめだって言ってるじゃないですかぁ……先輩、いじわるです」

軽く唇を尖らせて抗議しながらも、沙絢は自分から腰を使い始めた。

俺に跨がっている沙絢の体が上下するたびに、目の前でたぷたぷと乳房が上下する。

「ふふ♪　先輩、おっぱい気になるなら、いいですよ？」

どうやら、お許しが出たようだ。

手を伸ばすと、揺れる双丘を持ち上げるように、ゆっくりと撫で、捏ねる。

「んんっ♥　あ、あんっ♥　先輩……わたしのおっぱい、好きですよね？」

沙絢は軽く背中をのけぞらせ、甘く喘ぐ。

先端の薄桜色の乳首を指で押し込み、ぐにぐにと擦って刺激する。

「あ、ああっ♥　わたしだって……負けませんから……んっ、んっ、あ、は……んあっ、はぁあんっ♥」

俺を責め立てるように、沙絢は腰を前後や左右だけでなく、円を描くようにして、刺激が一定にならないように変化させていく。

けれども、それは諸刃の剣だ。

もともと感じていたこともあり、沙絢はすぐに昂ぶっていく。

「んっ、あ、は……んっ、んんっ、あ、んあぁ……♥　先輩のおちんちん♥　わたしの中、ゾリゾリ擦りあげてますっ……♥」

チンポをしっかりと咥えている結合部から、にちゃにちゃと粘つくような淫音が響く。

「はあ、はあ……沙絢のおまんこだって、チンポに絡みついてきて……う、くっ」

「んっ、んっ♥ あ、は……だって、おちんぽ、こんなに気持ちいいから……んっ、あそこが勝手に、そうなっちゃうんです……あ、はっ♥」

艶っぽい吐息混じりに沙絢が呟く。

「あ、あっ♥ んあっ♥ あ、ああっ♥ あ、は………先輩、んっ、んっ、あっ、だめ……動けなく、なっちゃう……んんっ♥」

膝の上で沙絢が体を上下に踊らせるたび、膣襞と亀頭が擦れて快感を生み出す。

「は、んっ、あっ、あっ、ああああっ♥ なんで、こんなに……気持ちい……あっ♥ んっ、くううっ♥」

沙絢の動きがだんだんと鈍くなっていく。感じすぎて、体に力が入らなくなっているみたいだ。

「あ、ん……先輩……」

しなだれかかるように俺に体を預けながら、力の入らなくなった腰をくねらせる。

ここからは、俺に動いてほしいのだろう。彼女の意を汲んで、責める側へと回る。

沙絢の細い腰を両手で支えるように抱きながら、彼女の体を揺する。

「あーっ♥ んんっ、奥、擦れて……んっ、あ、あっ♥ 先輩、気持ちい……いい……！」

甘く訴える沙絢は、俺の膝の上で踊るように、跳ねるようにお尻を上下させる。

「そっか。もっと感じて……ここでしたことを忘れられないくらいに気持ちよくなって」

子宮口に亀頭を押しつけ、沙絢の体を抱きしめて左右に揺らす。

「んんっ♥　あ、だめ……先輩、そこ、感じちゃ……感じすぎちゃうから……あ、あっ♥」

蕩けた顔で、やや舌足らずに沙絢が訴える。

だが俺はそれを聞き入れることなく、さらに激しく彼女の体を揺すり、さらに小刻みに腰を上下させる。

「あっ、あっ♥　んぁっ、ぁ、あっ、先輩……先輩……い、いきそ……ですっ、わたし、いくっ、もう、もうっ」

沙絢は、さらに体を密着させるように、俺の首に腕を回して胸を押しつけてくる。

「あっ♥　んあっ♥　あ、や……い、いくっ、んんっ♥　わたしのほうが、さきに、いっちゃ……あ、ああっ♥」

「いいよ、沙絢……いっちゃえっ」

彼女の腰に腕を回して、腰を一気に弾ませる。

「んっ♥　あっ、ああっ♥　んうっ、あ、ああっ♥　だ、めっ、だめだめっ、せんぱ……それ、はげし……あっ、あっ♥　あ、ああっ♥」

強すぎる刺激を受け止めきれないのか、頭を激しく左右に振りたくる。

「あ、あ、あ、あっ♥　んあぁぁっ♥　い、いっ、あっ、いくいく……い、くっ……！」

昂ぶっていく沙絢が、ひときわ大きく全身を震わせる。

彼女が大きく口を開き、鋭く息を吸った瞬間、唇を強く押しつけた。

「んうっ⁉　ん、んっ、んうううううううううううっ‼」

背中に回した腕に力を込め、呻きながら絶頂をすると同時に、痛いくらいにチンポを締めつけながら、膣がうねる。

「んうっ！」

唇を重ねたまま、俺は沙絢の膣内へと全てを放出する。

びゅぐっ、びゅっるるっ、どぷっ、びゅくうううううっ‼

射精を受け、沙絢の腰が跳ねる。

「んっ、ぷあっ……はあっ、はあっ、はっ、はああっ♥」

がくんっと全身から力が抜けると、そのまま俺にしなだれかかってくる。

「ん、は……あ、ふあ……♥　あ、はぁぁ……♥」

沙絢は恍惚とした表情を浮かべ、満足げな吐息をこぼした。

「……最後、息ができなくて死んじゃうかと思いましたよ」

「ああ、ごめん。でも、いくら外れにある空き教室でも、あんなに大きな声を出したら、誰かにみつかるかと思って」

「う……。それは……たしかに、少し声がおっきくなっていたかもしれませんけど……」

「少しじゃないと思うぞ」

「せ、先輩が、あんなに激しくするのが悪いんですっ」

顔を真っ赤にして抗議してくる。

「そうか。じゃあ、次は――」

「わたしが少しくらい大きな声を出しても、平気なとこでしましょうね♪」

にっこりとした顔で言う。

「声を出さないという選択肢は？」

「だったら、最初から最後まで、ずっと先輩がキスして口をふさいだまま、エッチしてくれます？」

唇に指を添え、イタズラっぽく尋ねてくる。

キスをするのは嫌いじゃない……というか、好きだと思う。

でも、キスしたままエッチするのはどうだ？　さすがに難しいんじゃないだろうか？

「……それって、無理だと思うぞ」

「そうですよね。だから、次は少しくらい声を出してもいい場所を探しましょう」

「学校でセックスするのを、やめようとは思わないんだな」

「思い出は、たくさんあったほうがいいですから♪」

そう言って、沙絢がにっこりと笑う。

またしばらくの間は、沙絢に振り回される日々が続きそうだ。

けれども、それを嫌だとは感じていない。これが惚れた弱みというやつだろうか。

もともと、俺と沙絢は同じ学校の先輩後輩でしかなく、親しく話をするような関係ではなかった。

けれど、彼女のおかげで、〝あんなこと〟があった後も、俺は以前と変わらず……いや、以前よりもずっと楽しく過ごすことができるようになった。

もし、沙絢がいなかったらどうなっていただろう？　きっと、未練がましく引きずっていたか、学校生活を耐えきれなくなっていたかもしれない。

「……ありがとうな、沙絢」

彼女を抱きしめて、俺はそう言った。

「どうしたんですか、いきなり」

「うん？　なんとなくそう言いたくなったんだよ」

「……そうですか」

彼女も俺がどうしてそう呟いたのか、わかっているような気がする。

俺には出来過ぎた恋人だと思う。

とはいえ、こんな関係になるだなんて、あのときはまったく想像もしていなかった。

第一章　陰キャの目覚め

俺という人間について語るのは簡単なようで難しい

地味な見た目で、突飛な言動をしない。特筆するような優れた点もなく、他人に嫌われているわけでもないが、好かれているわけでもない。

語れるようなことなど、ほとんどない。学校で同じクラスの人間に尋ねたら平凡だという答えが返ってくるだろう。

誰からも認められるような〝特別〟でありたいとは思わないが、自分に自信が持てるような〝何か〟は欲しい。

たとえば、優秀な頭脳とか、一目置かれる運動能力とか――可愛い、彼女とか。

俺も男だし、そういう欲求はあるけれど、今までモテた試しがない。

そもそも異性とは、あまり話をすることさえないのだ。つまり、才能もそうだが、彼女というのも俺にとっては手の届かないものだというわけだ。

しかし、世の中は何が起きるかわからない。そんな俺にも転機が訪れたのだった。

いつも通りに登校して下駄箱を開けると、そこに『登録して』という言葉と共に、メッセージアプリのＩＤアドレスが書かれたメモが入っていた。

差出人として書かれていたのは、安良田由加《あらたゆか》という名前。

彼女はクラスメイトだ……といっても、スクールカーストの上位、クラスの陽キャグループのひとりなので、ほとんど会話をしたともなかったけれど。

イタズラじゃないよな？　と疑いながらＩＤを登録してメッセージを送ると、すぐに返答があった。

彼女から届いたのは『よろしくね♪』という挨拶めいたものと、『昼休みになったら、ここへ来て』という二つのメッセージだけ。だが、指定された待ち合わせ場所は、校内で告白をするときによく使われている裏庭の奥だ。

まさか、そうなのか？　いや、でも、相手は安良田さんだぞ？　俺なんかに告白するか？　最初のメッセージで、詳しく聞いておけばよかったと後悔をしつつも、想像……いや、妄想を広げながら昼休みを待った。


校庭と校舎の間、体育倉庫の近くにある、小さな裏庭。

約束の時間よりも早いからか、そこに安良田さんの姿はなかった。

やはり、あれは何かの間違いだったのだと、踵を返したところで声をかけられた。

「ごめんねー。抜けてくるのに、手間取っちゃって。待った？」

急ぎ足でやって来た安良田さんは、申し訳なさそうな笑顔を浮かべて、片手で拝むようにしてくる。

「あ、いや、俺も、来たばっかりだから」

「ふーん……本当に？」

からかうような笑みを浮かべ、俺の顔をのぞきこんでくる。

なんだか、妙に距離が近い。クラスにいたときでも、こんなふうに話をしたことなんて、なかったのに。

「ほ、本当だって」

緊張してしまって、声が少しばかり裏返ってしまい、うまく話せない。

「ぷっ、あははっ！　杉山ってば、めっちゃきんちょーしてない？」

「……してる」

俺は正直にそう答えた。

「ねえ、どうしてウチが相手だと緊張すんのか、聞かせてもらえる？」

「え？　それは……安良田さん、美人だと思うし……」

「ふんふん、他には？」

「え？　他に……？」

「もしかして、ウチの価値って顔だけってことー？」

「あ、いや、違うよ。その、スタイルもいいと思うし、声も……綺麗だと思う」

「ふふっ、最後のは無理やりっぽいけど……でも、ありがと♪」

「あ、うん。その……それで……」

「ああ、そうだね。ええと……」

安良田さんは、少しだけ気まずげな顔をした後、俺をまっすぐに見つめてくる。

「ウチさ、あんたのこと前から気になってたんだよね。だから……どう、付き合ってみない？」

「え？　お、俺と、安良田さんが？」

動揺しながら聞き返すと、安良田さんは小さく頷いた。

嘘だろ？　こんなことがあるのか？

頬をつねって痛みがあるか確かめるか？　いや、それよりも返事だ。返事をしないと！

「お、おれ……おれ…………つ、つきあいたい、つきあいますっ、よろしくお願いします！」

頭を下げてそう告げた瞬間——。

「ぎゃはははははっ!!」

「安良田ってば、ちょっとサービスしすぎ！　おっぱい、そんなに見せるなんてやりすぎなんじゃない？」

近くの茂みに潜んでいたのか、安良田さんとよく一緒にいる陽キャグループの他のメンバーが笑いながら姿を現した。

「え？　え？」

何が起きたのかわからず、俺は頭の上に？マークを浮かべて、安良田さんと、陽キャグループ達を交互に見た。

「あー、そうなるのも当然だよね」

気まずげに目をそらしていた安良田さんは、小さく溜め息をついた。

「みんなでやってた賭けに負けた罰ゲームで、杉山に偽告白をすることになってさ。本当、ごめんっ」

胸の前で両手を合わせ、頭を下げる。

つまり俺は、陽キャ達の遊びに付き合わされたというわけだ。

「『よろしくお願いしますっ』だってさ。あはっ、ははは」

グループの中でも声の大きい男——西志村《にししむら》が、俺の口真似らしきことをしながら、笑い続けている。

いたたまれない。顔から火を噴きそうだ。この場にいたくない。今すぐ、逃げ出したい。

「そっか……罰ゲームだったんだ……あはは……そっか……すっかり、信じちゃったよ……」

どうにか平静を装《よそお》うとしてみたけれど、声の震えまでは押さえられなかった。

「杉山って、なんかいい人っぽいからさ、こういうのも笑って許してくれるかなって思ったんだけど……マジでごめん」

最後の言葉は、西志村達には聞こえないくらいの、小声だった。

どうやら彼女は本気で謝ってくれているようだ。けれど、それは今の状況では何の救いにもならない。

「ああ、うん。大丈夫だよ。ちょっと驚いただけだから。じゃあ、用事は終わりなんだよね？」

「え？　あ、うん。そうだけど……」

「それじゃ、俺は戻るよ。ほら、その…………じゃあ、そういうことで」

どうにかそれだけ言い残して、俺はその場を後にした。

校舎の裏、そのさらに奥にある水道で、頭に水をかぶる。

さっきまでの自分の滑稽さを、間抜けさを思い返すと叫びだしたくなる。

……なんで、安良田さんが俺に告白をするだなんて思ったんだよ。

罰ゲーム？　偽告白？　いい人だから許してもらえる？

それが、どれほど失礼極まりないことか、相手をバカにしている行為なのか、あり得ないことなのか、わかっていないのだろう。

どうにか気持ちを落ちつかせようと、頭を冷やそうと、何度も水をかぶる。

このまま、家に帰ろうか？

そうだ。明日……いや、しばらくの間、学校を休んだらどうだろうか？

報復というには小さいが、そんなことを考えて、すぐに否定する。

俺が休んだくらいで、あいつらが反省や後悔をするとは思えない。それどころか、そのことさえも笑いのネタにされるだけだ。

あいつらを喜ばせたくないという怒りが、わずかに残っていた意地が、俺を踏みとどまらせた。

とはいえ、簡単に割り切れるようなものでもない。

気づけば、昼休みは終わっていて、授業には間に合わない状態だった。

だったら、終わってからひっそりと戻ったほうがいい。目立たないでいるには、そのほうがいい。

頭の片隅で、もうひとりの自分がそう言っているのが聞こえる。けれど、それでも俺は、足を動かした。教室へと戻ることを止めなかった。

「おおーっ！　帰ったかと思ってたけど、残ってたのかよー」

放課後のＨＲを前に、教室に戻った俺を出迎えたのは、嘲笑混じりの西志村の言葉だった。

「すげー、俺だったらぜったいに戻ってこられねーわ。引きこもるわ」

「ちょっとやめなよー。あれは安良田の罰ゲームで、そいつは巻きこまれただけなんだしさー」

窘《たしな》めるようなことを言っている他の女子も、本気で止めようという気はなさそうだ。

「そうか？　でも、こいつ、途中からマジで安良田にコクってたじゃん」

「よろしくおねがいちましゅー」

俺は、陽キャグループを一瞥すると、何も言わずに自分の席へと向かう。

だが、その態度が面白くなかったのだろう。

「なんでもないでちゅーってか？　あんな姿を見られても平気とか、すげー神経だな」

西志村が、先ほどあったことをクラスの他のやつらにも聞こえるように話している。

「ウチが言うのもなんだけど、あれはさすがにやり過ぎだって。西志村も、それくらいにしときなよ」

安良田さんは西志村にそう言うと、軽く俺に向かって頭を下げる。

あのときの謝罪の言葉は、嘘ではなかったのだろう。

「でもさ、このネタは当分、楽しめね？」

「そう？　だったらこの前の罰ゲームで、西志村が物真似してたときのほうが――」

「おいっ！　それはもう言うなって言っただろ？」

顔を赤くして、安良田さんの言葉を遮る。

「それならウチの話も終わり。これ以上言うなら、あんたの話もするからね？」

「あははー、西志村、安良田をマジで怒らせてんのー」

「……うっせえな」

「んで、今日はどうすんの？　この前はカラオケ勝負だったたし、次は別のことだよね？」

どうやら、俺の話は終わりのようだ。

気まぐれに変わっていく話題、しかも数分程度のネタに過ぎなかったのだろう。

……やはり、俺が学校をしばらく休んだとしても、気にもされなかっただろうな。

周りに気づかれないように溜め息をついて、俺は1秒でも早く担任がやってきて、HRを終わらせてくれることを祈った。

……よく耐えたな、俺。

こんなときくらい、自画自賛をしてもいいだろう。

学校も終わったので、後はあいつらと顔を合わせないように家に帰るだけだ。

そうしたらベッドに潜りこんで、ゆっくり休もう。明日も絶対に学校を休んだりしない。

あんなことなど何でもないのだと、どうということもなかったのだと証明し続けてやる。

決意を新たにするが、それでもすぐに動くことができないでいた。

部活や帰宅、それとも友人と遊びに行くのか、教室に残っていたクラスメイト達も、少しずつ数を減らしていく。

陽キャグループはとっくに帰っていたようだ。

「……帰るか」

のろのろと立ち上がると、俺は鞄を手に廊下へと出る。

なんだか周りにいる人間が、俺のことを噂しているような気がしてくる。

顔を伏せて、歩調を速める。

「せんぱーい」

一瞬、自分が呼ばれているような気がした。

けれど、そういう自意識過剰な考えとは、もう決別するのだ。

「せんぱい。せんぱーい？」

近づいてきているように感じる声から逃げるように、昇降口へ向かう。

「……杉山先輩っ！」

名前を呼ばれて振り返ると、憮然とした顔で腰に手を当てている女の子の姿があった。

「先輩、わたしが呼んでいる声、聞こえてましたよね？　酷いじゃないですか、どうして無視するんです？」

「……は？」

……誰だ？

そんな内心が顔に出ていたのか、さらに女の子の顔が不機嫌なものになる。

「もしかして、わたしが誰かわからない……とか言いませんよね？」

「あー、いや……その……」

俺には下級生の、しかも女子の知り合いなんていない。これは相手が、俺を誰かと勘違いしている可能性もあるんじゃないか？

「そんな顔をしているってことは、先輩……わたしのことなんて、まったく覚えてなかったんですね」

盛大な溜め息と共に、目の前の女の子はがっくりとうなだれた。

「ええと、君は……？」

「小谷野……小谷野沙絢です」

「……うん？」

あれ？　今の表情は、どこかで見たことがあるような……。

「進学前から、同じ学校でした……と言えばわかりますか？」

「え？　同じとこ出身なのか？」

そう言われて、改めて彼女の姿を見る。

頭の両脇で髪をくくり、短めではあるけれどツインテールにしている。引き合いに出すのもあれだが、クラスで大きいと言われている安良田さんよりも胸が大きい。

こんな、スタイルのいい美少女を一度でも見れば、忘れたりしないと思う。

「やっぱり、人違いじゃないのか？」

「ああ、もうっ、どうしてわかってくれないのかなっ、あ、でも、それなら成功したってこと……？」

苛立ったように何かを呟いたかと思うと、急に何かを考えこんでしまう。

正直、今は女——特に可愛い子には近づきたくないし、関わりあいになりたくない。どうしても、安良田さんの偽告白のことを思い出してしまうからだ。

「で、同じとこ出身だとして……小谷野は、俺に何の用事なんだ？」

自分でも声に険が籠もっているのがわかった。

「……先輩、少しだけお話しませんか？」

「いや、知らない相手とするような話はないから」

「今、自分で同じとこ出身だって言ったじゃないですか。だから、知らない相手ではないでしょ？」

「それは……」

「じゃあ、そっち。あまり人の来ないとこで、10分だけ。それならどうですか？」

「……わかった」

断り続けるだけの気力がなかったというのもあるけれど、どこか必死な感じの彼女の言葉に、俺は頷いていた。


彼女と一緒に、空き教室が並ぶ廊下の端へとやってきた。

美少女とふたりきり……安良田さんのことがなければ、少しは浮かれていたかもな。

でも、今の俺はそういうことへの期待は欠片も抱くことができなくなっている。

「それで、話ってなんなんだ？」

「あの……実は、校舎裏で水道を使っていた先輩を見て……」

あれを見られていたのか!?

自分でもわかるくらいに顔が赤くなっていく。

「わ、笑うつもりで、声をかけてきた――」

「なんでそんな、趣味の悪いことしなくちゃいけないんですか」

心底呆れたような顔で言うと、軽く睨みつけてくる。

「それとも、わたしがそういうことをして喜ぶような人間に見えるってことですか？」

「あ……」

言われて気づいた。俺は彼女のことも、他人を傷つけて喜ぶような人間なのだと、無意識に決めつけていた。

……偽告白をされた影響は、自分で思っているよりも大きいのかもしれない。

「ごめん。今のは、俺が悪かった。でも、俺がそうしていたとして、小谷野に関係があるのか？」

「泣いているように見えたんです。だから、心配をしたら、おかしいですか？」

「それは……」

「言いたくないんならいいんです。無理に聞いたりしません。でも……話をしたほうが楽になることとって、あるじゃないですか」

どうして、俺はあんなやつらに、あんなことをされなくちゃいけなかったんだ。

怒りに頭がぐらぐらしているのに、くやしくて目頭が熱くなる。

「親しくないからこそ、言えることってありますよね？　先輩、わたしでよければ聞きますよ。誰にも言わないと約束します」

　また、騙されるかもしれない。笑いものにされるかもしれない。そんな不安は、本気で俺を心配しているのが伝わってくるような声音と表情を見て霧散した。

　彼女を信じても大丈夫。彼女なら信じられる。なぜかそう感じて、偽告白のことを話していた。

「……そうだったんですね」

　話し終えると、小谷屋はなぜか俺の頭を胸に抱きながら、ゆっくりと撫でていく。

「こ、小谷野ッ⁉」

　女の子の胸の柔らかな感触と、甘いような匂いに、一気に顔が熱くなる。

「よしよし、先輩はとってもがんばりました。二度と、先輩はそんな目に遭ったりしません。心配いりませんから」

　根拠のない慰めだ。

　けれど、俺の頭を撫でる手つきも、囁く声音も、驚くくらい優しくて、彼女にすがるように嗚咽を漏らしていた。

……翌日は、良い天気だった。

これで大雨とか台風とか、それくらいに酷い状態ならば、休む理由になったかもしれない。

そんことを考えている後ろ向きな自分に苦笑してしまう。

だが、休みたい理由は、昨日の偽告白が原因ではなかった。小谷野の胸で泣いてしまったことが恥ずかしかったからだ。

彼女に話を聞いてもらい、胸に抱かれて慰められたおかげで、だいぶ気分も軽くなった。なったのだけれど……初対面の後輩、しかも女の子に抱きつき、泣きじゃくる男っていうのは、どうなんだ？

思い出すだけで、叫んで転がり回りたくなる。そんな気分だからか、教室に入るまで、偽告白のことを半ば忘れていた。

「へえ、ちゃんと来たのか？　てっきり休むと思ってたんだけど」

嘲るような声に、顔を上げる。

西志村と、陽キャグループの数人がこちらを見ている。

正直、不愉快だ。だが、ここでムキになって相手をしたところで、状況が悪化するだけだろう。

「ああ、次は勘違いしないようにするよ」

できるだけ平静に答えながら、自分の席へと向かう。

「……はあ、つまんね」

思っていたのと反応が違ったのだろう。西志村がつまらなそうな顔で吐き捨て、もうひとりの男子は苦笑をしている。

「いいんじゃね？　このネタは昨日で終わりにしろって、安良田も言ってたしな」

以前よりも視線を感じながら、教室を軽く見回す。

陽キャグループに賛同して、俺をからかってくるやつはいないようだ。

これなら、噂が消えるくらいまでは耐えることができそうだ。

ほっと胸を撫で下ろしながら、俺は授業に集中することにした。


昼休みに、なぜか教室までやってきた小谷野に、俺はわけもわからず連れ出された。

「な、なあ……小谷野、どこへ行くんだ？」

「和也先輩、わたしのことは小谷野じゃなくて、沙絢って呼んでください」

「ええと……いきなりそんなこと言われても……」

女の子を下の名前で呼ぶのは、俺にとってはかなり高いハードルだ。

「それより、どこへ行くのか教えてもらいたいんだけど……？」

「和也先輩とふたりきりで話ができるところへ、です♪」

ふたりで話を？　なんで？

疑問が浮かぶが、それよりも先に気になったことが口をついてでる。

「和也先輩……って、なんで下の名前で？」

「先輩って呼ぶだけだと、気づいてもらえませんでしたから。親しみを込めて、和也先輩って呼ぶことにしたんです♪」

「ええと……昨日は、悪かったよ。次からはちゃんと返事をするから、普通に呼んでくれ」

「嫌です♪」

俺の頼みは、笑顔であっさりと却下された。

「ええと……俺と小谷野は、名前で呼び合うような仲じゃないよな？」

「わかりました。では、そういう仲になっちゃいましょうか？」

からかうような笑みを向けられて、ドキッと胸が高鳴る。

……安良田さんのことがあったばかりなのに、こんなに簡単に胸が高鳴る。

警戒すべきだというのに、俺はただ彼女の可愛らしい笑顔に見惚れてしまっていた。

「んふふ♪　嫌じゃないって顔してますねー。どうします？」

「あ、えと……あまり、からかわないでほしいんだけど……」

「和也先輩は、そんなふうに思うんですね」

何だか少し不機嫌になったような気がする。

このまま続けるのはよくないと、強引に話題を変える。

「なあ、本当に、どこに行くんだ？」

「んー、そうですね。このあたりならいいかな？」

独り言のように言うと、小谷野は人気のあまりない校舎の外れにある空き教室の一つに入った。

「ここなら、邪魔も入らずにお話ができますよね？」

「……話って、昨日のこと……だよな？」

警戒しつつ彼女に尋ねると、小谷野は少し寂しげな笑みを浮かべる。

「もしかして……わたしがあの告白詐欺の先輩達と同じようなことをして、和也先輩を笑い者にするんじゃないかって疑ってます？」

「……あり得ないとは思うけど、でも、そう考えちゃうんだよ」

「しかたないとは思いますけれど、思っていた以上に根深いですね」

唇に指を当てて、困ったように微笑う。

「本当は、ちゃんと付き合った後にしようと思ってたんですけれど……これは、もう力尽くのほうがいいみたいですね」

「え？　付き合う？　力尽く？」

「はい、先輩が疑うのも当然ですし、しかたのないことだとわかってます。だから、わたしがどれくらい本気なのか、今から証明しますから」

「証明って……？」

「告白よりもすごいことをするってことです」

戸惑う俺にかまわず、彼女はズボンの上から股間に触れてきた。

「わ、うわっ⁉　小谷野、な、何を……？」

思わず腰を引こうとしたが、逃げ場がない。

「えへ♪　先輩のここ、おっきくなってきてますね♪」

嬉しそうに目を細め、さらに強く、股間――ペニスを擦ってくる。

「ちょ、ちょっと、小谷野……それ以上は……」

「大丈夫です。先輩は、わたしのすること……受け入れてくれればいいんです」

目元を朱に染め、目をとろんとさせた小谷野は、ズボンのベルトを緩め、ファスナーを下ろしていく。

本気で抵抗をするつもりなら、彼女を突き飛ばして逃げればいい。それくらいのことは、難しくないだろう。

でも俺は、まるで金縛りにあっているように体を動かすことができず、彼女にされるがままだった。

「先輩のおちんちんに、触りますね……」

独り言のように呟くと、ペニスをぎゅっと握ってきた。

「おうっ⁉」

「え？　い、痛かったですか？」

思わず声をあげると、小谷野が慌てたように掴んでいた手から力を抜く。

「ち、違う！　女の子に、こんなことされるなんて初めてだったから……」

「よかった。わたしもこんなことするのは初めてなので、うまくできるか自信がなかったんです」

「え？　初めて……？」

「そうですよ。キスだってまだしたことないですから……それじゃ、続けますね」

彼女の細い指が竿を掴み、ゆっくりと扱き始めると同時に警戒心は霧散した。

「どうですか？　ただの同情とか演技で、ここまですると思います？」

ゆるゆると竿を扱きながら、小谷野が尋ねてくる。

演技とは思えないけれど、まったく可能性がないとはいえない。

そもそも、小谷野が俺にこんなことをする理由はないのだ。そういう意味でも、安良田さんと同じといえる。

「あれ……？　なんだか柔らかくなってきちゃいました……。先輩のことですから、偽告白されたときのことを思い出していたんでしょう？」

「なんで、わかったんだ？」

図星を突かれて、思わずそう言ってしまった。

「あの人とわたしを一緒にしないでください……って言ってもだめですよね。だったら、ここまですれば少しは信じる気になりますか？」

そう言うと、彼女は握っていた肉棒の先端——亀頭にちゅっとキスをした。

「え……？」

演技でセックスの相手をするのを躊躇わない女もいるだろう。

けれど、彼女はさっき言っていたのだ、まだ、キスもしたことないと。

「これで、わたしのファーストキスの相手は、先輩のおちんちんです。覚えていてくださいね♪」

嫌がる素振りもなく、それどころかどこか喜んでいるようにさえ見える。

「口でするまでは、ファーストキスにならないと、思うけど……」

「そうなんですか？　だったら、先輩とするまでは、ファーストキスは未経験ってことになりますね」

俺とすることが決まっているのか？

演技や計算という感じじゃなく、ごく自然にそう呟くと、ちゅ、ちゅむっと艶やかな薄桜色の唇を、何度もペニスに押しつけてくる。

　女の子が自分のチンポにキスをしている。今まで感じたことがないくらいに昂ぶり、興奮してしまう。

「んふふっ♪　おちんちん、硬くなってきました」

　何が嬉しいのか、勃起しているペニスを見て、小谷野が頬を緩める。

「先輩、興奮してるんですね？　こんな場所で、後輩に無理やりズボンを脱がされて、おちんちんを好きにされてるのに」

「それは……その通りだけど、でも……なんで、そこまで？　さっきの話が本当なら、こういう経験はないんだろう？」

「ありませんよ。自慢ですけれど、どこもかしこも未使用新品ですよ？」

「小谷野、自分を物みたいに言わないでくれ。俺は、そういう言い方はあまり好きじゃない」

「そうですね。先輩はそういうタイプでした」

　文句を言ったはずなのに、彼女は喜んでいるようだ。ますます何を考えているのかわからなくなってしまう。

「言い方を変えますね。先輩……わたしのすることの、初めての人になってください」

　俺の返事を待つことなく、小谷野はキスをしていた亀頭に口を寄せると、小さな口をいっぱいに開いて亀頭を咥えていく。

「ん、ちゅ…………はぷ、んっ」

手でするのとは、まったく違った感触。今、俺……口でされている。小谷野に、フェラチオをされている。

そう認識した瞬間、背筋をゾクゾクしたものが走り抜けていく。

「ん……ちゅ、む…………ん、ん…………」

小谷野は自分で言っていたように、初めてなんだろう。戸惑い……というよりも、何かを確かめるように、ゆっくりと頭を前後させている。

「んっ……んっ、ちゅ……ちゅむ、ちゅ……んっ、んっ」

ぬるぬると唇が竿を擦り、カリのくびれにひっかかり、擦りあげる。

「す、すごい……くっ」

ペニスが唾液で濡れるほどに動きがスムーズになっていく。

「くぽっ、くぷっ、くぽっ、ちゅむ、ちゅっ、くぷ、くぽっ」

唇を締めつけながら、亀頭からカリ首までを行き来するように動きが変化する。

「あ、あっ、それ、気持ちいい……！」

小谷野が頭を前後するたびに、口元がいやらしい音を奏でる。

でも、俺が気になってしまうのは、彼女の動きが大きくなっていくほどに、揺れ動くその胸元だ。

「ん、ふぁ……はあ、はあ……先輩、フェラしてるのに、おっぱいのほうが気になるんですか？」

「あ、いや……その……」

「嘘が下手ですよね。こんなふうに話している間も、ずっとわたしの胸を気にしてるじゃないですか♪」

唾液でぬらついているペニスをゆっくり扱きながら、小谷野は楽しげだ。

「先輩だから、ここまでするんですよ？」

艶めいた笑みを浮かべ、ブラウスのボタンを外していく。

「こ、小谷野……？」

ぷちぷちとボタン外し、どうやったのかブラジャーをするりと引き抜いた。

重みを感じさせるようにたゆんっと弾み、露《あらわ》になった乳房を見て、俺は思わず生唾を飲みこんだ。

初めて、間近で見る女の子の胸。柔らかそうな膨らみと、桜色の先端に、視線が吸い寄せられる。

「んふ♪　すっごく見てますね……先輩、女の子のおっぱいを見るのは、初めてですか？」

「う、うん……ネットで映像とか画像を見たことはあるけど、本物は初めてだ」

「そんなにおっぱいが好きならフェラチオじゃなくて、おっぱいでしたほうがよかったかもしれませんね」

わざと見せつけるようにブラウスを摘まんで、胸元をさらに露出させる。

「わ……!?　おちんちん、びくんってしましたよ？　先輩、やっぱりおっぱいのほうがよかったですか？」

くすくすと微笑《わら》いながら、沙絢が尋ねてくる。

今、ここで彼女の問いかけに頷いたら、パイずりをしてもらえるのだろうか？

でも、このまま口でしてほしいという思いもある。

「ふふっ、どっちがいいか悩んでいるみたいですね。だったら……今日はフェラチオだけにしますね。パイずりは、また今度にしましょうか」

また今度、そう言われて次があることに期待をしている自分がいた。

自分を騙しているのではないかと、さっきまで疑っていた相手だというのに……。

けれど、そんな自己嫌悪に似た思いを抱いている俺に構わず、小谷野は胸を隠すように、摘まんでいたブラウスから手を離す。

「ふふっ、おっぱいが好きなんですね♪」

そんなにわかりやすく、そして未練がましい顔をしていたのだろうか？

沙絢はこっちを見てとばかりに、再びペニスに口付けしてくる。

「うあ……！」

チンポが動かないように竿を握りしめ、亀頭とカリ首を重点的に責めてくる。

「れろっ、れる、ちゅ、ちゅぴ……ん、ぴちゅ……れろっ、先のとこだけじゃなくて、ここも、気持ちいいみたいですね？」

俺の反応をよく見ているのか、竿を扱きながら裏の筋をなぞるように舌先を行き来させる。

「あ、あ……だめだ……くっ」

「んむっ、ちゅぷ……先輩、とっても気持ちよさそうな顔しちゃってますよ？」

裏筋だけでなく亀頭を舐め、さらには舌先を尖らせるようにして、先端の溝——鈴口をつつき、ほじるように舐めてくる。

「う、あぁ、それっ……！」

「あはっ♪　先輩、かわいいです♥　もっと気持ちよく、してあげますね……♪」

再び口を大きく開き、亀頭にかぶせてくる。

「はあむ……ちゅ……」

小さな口をいっぱいに広げながら、ペニスを半ばまで咥えこんでいく。

たっぷりと唾液を含んだ舌がぬるぬると行き来するたびに、どんどんと気持ち良さが大きくなっていく。

「あ、あ……小谷野……！」

「ん、ぷあ……！　先輩、わたしのことは沙絢って呼んでください」

「え？　いや、でも……」

「呼んでくれないのなら、悲しくて、もうフェラチオを続けられなくなるかもしれません……」

演技だ。それも、俺にもわかるくらいにわざとらしい。

「で、でも……小谷野……」

「沙絢、です。今だけでもいいですから、そう呼んでもらえませんか？」

「そう言われても……」

「わたしが、そう呼んでほしいって言っても、だめですか？」

これは、俺が名前で呼ばない限り、彼女は諦める気はなさそうだ。

「さ、さあや、さん」

「違います。沙絢、ですよ。言い直してください」

「さ、さあや」

「ふふっ、ありがとうございます♪」

名前を呼んだだけで、小谷野……いや、沙絢は幸せそうな笑みを浮かべる。

「それじゃ……続き、しますね。和也先輩♪　あ、はむ、ちゅぷぷぷ……」

沙絢は、ゆっくりと頭を前後させ始めた。

唇で亀頭を擦られると腰が跳ね、唾液をまとった舌に裏筋を舐め上げられると、腰の奥から熱いものがせり上がってくる。

「ちゅ……ちゅぴ、ん……ぷ…………んちゅ、ちゅむ、ちゅ、ぴちゅ、れろ……ちゅ、ちゅぷっ」

上目遣いに俺を見ながら、沙絢は亀頭を咥えたまま、舌を動かし、ペニスを舐め回す。

「ん、ん、ちゅぴ、ちゅ……ちゅむ、ちゅ……ん、じゅるっ」

唇で先を扱くようにして、頬を軽く窄めて吸いついてくる。

わずかな時間で、沙絢のフェラチオはどんどん上手く、気持ちよくなってきている。

吸いつきながら、頭を前後させる。

一を聞いて十を知るというのは、エッチなことでもあるのだろうか？

「く……沙絢、気持ちいいっ」

「んふっ♪　もっろ、きもひよくなっれくらはいね……ぴちゅ、ちゅ、ちゅむ、ちゅじゅっ、じゅぷ、じゅ、じゅちゅ……んんっ」

「出そう……くっ、もう……出る。出るっ」

腰の奥が熱く、せり上がってくる快感に自然と体が震える。

「んっ、んっ、じゅるるっ、ちゅむっ♥　じゅっ、ちゅぷっ、ちゅむっ、んっ、んっ、んっ、んんっ！」

俺の訴えを聞き、止まるどころかよりいっそう激しく頭を前後させる。

我慢、できない。もう、限界だ……！

びゅぐっ、びゅるっるるるっ‼　どぷどぴゅううっ‼

「んんんっ⁉」

沙絢は俺の射精を受けて、目を白黒させる。

このままじゃ、だめだ……！　俺は慌てて彼女の口からペニスを引き抜いた。

だけれど、それは結果として失敗だった。

「うっ、ああっ！　くっ、あああっ！」

ペニスが上下に跳ね、二度、三度と迸る。

「きゃっ⁉　あっ、んあ……せ、せんぱ……きゃうっ！」

沙絢の鼻先や口元、頬などを汚し、顎を伝い流れていく。

「ん、んく……こく……はあ、はあ……もう、どうして途中であんなことしたんですか？」

口内のものを飲みこんだのか、少し落ちついた沙絢が軽く睨んでくる。

「ごめん……口に出すなんて、沙絢が嫌がると思ったから……」

「……わたしのために、してくれたんですか？」

「ああ、うん……結果的に、もっと酷い状態になったけど……」

いっそ、口の中に全部を出したほうが、被害が少なかったかもしれない。

「口に出してもらったら、全部飲むつもりでしたし」

「そ、そうなの……？」

「上手くできなかったので、それも次のときに挑戦してみます」

さっきも言っていたけれど、沙絢にとっては次があるのが当たり前のようだ。

「まだ、こんなに顔に……ごめん」

「ん、へーき、です……けほっ、ごほっ……」

最初の分が喉に絡んでいるのか、軽く嘔吐《えず》いている。

俺はポケットから少しシワの寄っているハンカチを取り出した。

「ありがとうございます……それじゃ、お願いしますね」

拭いてくれってことだろうか？　いや、俺が汚したのだから、それくらいするのは当然だ。

「少し、我慢してくれ」

精液だけでなく、フェラのときにこぼれたのか口元も丁寧に拭っていく。

「……綺麗になった、と思う」

「ありがとうございます、先輩♪」

「あ、いや……俺のせいだから」

沙絢の笑顔にドギマギしながら、そう答えるだけで精一杯だった。

「和也先輩、これで、わたしのことを信じてもらえます?」

そういえば、最初はそんな話だったな。

沙絢を疑う気持ちなんて、もうとっくに消えてなくなっている。

俺を言いくるめたり、騙すのは彼女ならば容易《たやす》いだろう。わざわざ、ここまでする必要もないはず。

「ここまでしてもらっておいて、信じられないというほど、俺は人間不信にはなってないつもりだよ」

「よかった。これから、よろしくお願いしますね、先輩♪」


一晩、経ってから、あんなことまでしてもらったというのに、沙絢との関係が先輩後輩のままだということに気づいた。

ずいぶんと遅いが、他のことを考えるほどの余裕がなかったのだ。そこはしかたないということにしておこう。

とはいえ、年上で男である俺が、彼女に言うべきだろうか?

「……い……お……」

いや、でも、彼女はそれを望んでいたか？　それに、あれは俺が沙絢のことを信頼できる相手だと俺に証明するために彼女がしたことで、そこに恋愛感情はあったのだろうか？　いや、あるよな？　あってほしいのだけれど……。

「な……聞い…………おいっ！」

そんなことを考えながら、俺はいつも通りに登校し、教室に入り、自分の席へと向かって——。

「あははっ、西志村、相手にされてないじゃん。めっちゃウケるっ」

「おい、杉山っ、こっち向けっての！」

いきなり肩を掴まれ、やっと俺は目の前にいるやつに気づいた。

「うん？　あ、ああ、おはよう、西志村」

「は？　なんだよ、その態度は？」

「態度？　よくわからないが、手を離してもらえないか？」

「おいおい、西志村、軽く見られてんぞー」

陽キャグループの男子からヤジが飛んでくる。

その言葉の煽られたのか、西志村が俺を睨みつけてくる。

「俺が話しかけてんのに、シカトとはいい度胸だな？」

なんだ、こいつは？　自分のしたことを忘れたのか？　怒っているのは、俺のほうなんだが。

「シカトなんてした覚えはないが、俺のことを騙して笑いものにしようとしていたヤツと仲良く話をしろと？」

「……あの程度のことで、いつまでウジウジ言ってんだよ」

「あれだけのことしておいて、あの程度だなんて簡単に言えるのか？　なおさら、話をする必要を感じないな」

「てめ――」

ぐうっと胸倉を掴まれた。

「ちょっと、西志村。何してんのよ」

かなわないまでも、全力で殴ってやろうか。そんなことを考えていたところに、安良田さんが割って入ってきた。

「……ちっ、なんでもねーよ」

小さく舌打ちをすると、西志村は自分の席へと戻っていった。

「ええと……ありがとう、安良田さん」

「ごめん、杉山。西志村達には、ちゃんと話しておくから」

「あ、ああ、うん」

その後は、安良田さんの説教と睨みが利いたのか、西志村にからまれることなく、昼休みを迎えた。

「先輩、お昼ご飯、一緒に行きましょう♪」

「ずいぶん積極的だな。でも、そういうの嫌いじゃないぜ。どこに行く？」

声をかけてきた沙絢に答えようとしたところ、西志村が間に入ってくる。

俺への嫌がらせだろうか。さすがに、ここは抗議の一つもすべきだろう。そう考えて口を開いたところで、沙絢がくすくすと笑い出す。

「ごめんなさい。勘違いさせてしまうような言い方でしたね。では、和也先輩、ふたりきりでお昼ご飯を食べましょう♪」

そう言って、沙絢が俺の腕をとって、引っぱる。逆らうことなく、彼女と共に教室の外へと向かう。

「お、おいっ」

「西志村、もう杉山に変なちょっかいかけるなって言ったわよね？」

俺達を呼び止めようとした西志村に、安良田さんが声をかける。

朝の再現のように、西志村は舌打ちをして俺達から離れていった。

「ありがとう、何度も助けてもらって」

「ほんっとーにごめん。今度こそ言っておくから」

「……もう、安良田さんが謝るようなことじゃないから」

「あんなことがなかったら、西志村もしつこく絡んだりしないでしょ？　なんか変なんだよね……」

「あの、先輩。後のことはお任せして、行きませんか？」

「ああ、うん。そういうことだから」

「ああ、ごめん。邪魔しちゃって」

安良田さんにそう言って、沙絢と教室を後にする。

けれども、出て行くときにさりげなく確認をしたけれど、西志村はじっとこちらを見ていた。


授業が終わり、沙絢が迎えに来る前にと、帰り支度をしていると、西志村が俺の席へとやってきた。

「なあ、沙絢に何を言ったんだ？」

「……は？」

どこで知ったのか、西志村が沙絢の名前を口にした。

たったそれだけのことなのに、ざらつくような不愉快な気持ちになる。

「お前、俺の悪口をあの子に言ってるんだろ？　でなきゃ、俺にあんなふうに冷たくするなんてありえねーし」

……なるほど、沙絢が言っていたことが少しわかったような気がする。

「彼女にそんなことは言っていない」

「は？　安良田に騙されたことを根に持って、ネチネチと悪口を話したんだろ？　あんなの、ちょっとした遊びだろうが」

「言っていないと何度も言わせるなよ。それに、あのことを安良田さんひとりの責任みたいに言うのも、おかしいんじゃないか？」

「は？　なんでお前にそんなことを言われなくちゃいけないだよ」

俺が反論すると思っていなかったのだろう。西志村は不愉快そうに顔を歪める。

「反論されるのが嫌なら、他人に話しかけるのをやめたらどうだ？」

「お前ごときって言っただろ？　反論できる立場だと思ってるのか？」

「だったら俺もそう言うか。西志村ごときの相手をするのは面倒だし、不愉快だ。話しかけてくるなよ」

「クソ陰キャの分際で……！」

西志村が顔を赤黒く染め、怒りに歪める。

「言っておくが、俺はこれでも怒っているんだ。なあ、あの後、一言だって、お前に謝ってもらっていないよな？」

「なんだよ、その態度は？　お前だって、安良田にコクられて、舞い上がっていたじゃねーかよ。なんで謝る必要があるんだよ？」

「うわー、ずいぶん酷いですねー」

いつの間に来ていたのか、沙絢が俺達の話に入ってくる。

俺だけでなく、西志村も気づいてなかったのか、驚いた顔をしている。

「あ、ああ、そうだろ？　酷いよな？　ありえなくね？　こいつが何を言ったのかわからないけど、どうせ適当な話を――」

「和也先輩は、あなたの悪口を言っていませんよ？」

最後まで聞く気はないとばかりに、西志村の言葉を遮って沙絢が言う。

「嘘つくなって。こいつが被害者ぶって、適当なことを言ってんだろ？」

西志村は沙絢に訴える。

「和也先輩を騙して笑っていましたよね？　わたしはああいうことをしておいて、遊びだなんていうような人とは、関わりたくないんです。もう声をかけてこないでくださいね」

「な……!?」

「和也先輩、帰りましょう」

に見ていた。

「え？　あ、う、うん」

沙絢と共に教室を出るときに、ちらりと振り返ると、西志村はこちらを睨みつけるように見ていた。

学校を出た後、念のために後ろを確かめる。西志村も、さすがに追いかけては来ていないようだ。

とはいえ——さっきのやりとりは、少しばかりひやりとするところがあった。

「……沙絢、俺をかばってくれたのはありがたいし、嬉しかったけれど、西志村はいつまでも根に持つタイプだ。気を付けたほうがいい」

「そうですね……さっきのは、ちょっと言い過ぎたかもしれません」

沙絢もそう思っていたのか、苦笑気味に答える。

「あんなふうに言ったら、西志村が怒るのはわかっていただろう？　沙絢なら、うまくやれただろうに、どうして……？」

「なんで自信なさげなんですか。もっとうぬぼれてもいいんですよ？」

「そ、そうか」

「それに、ああいう人って、大勢の前ではっきりと言っておかないと延々と勘違いしそうじゃないですか」

「はっきり言っても、伝わらなそうではあったな……」

「それは……たしかに。では、今後の対策を話し合う必要があると思いませんか？」

「……沙絢に迷惑がかかるのは避けたいし、必要だろうな」

「では、わたしの家で話をしましょうか」

「待った！　どうしてそうなるんだ？」

「どこかのお店だと、あの人やその知り合いと鉢合わせるかもしれません。ウチがだめなら、先輩の家でもいいですよ？」

「どっちかの家なのは確定なのか？」

「はい♪」

にっこりと笑顔で頷かれてしまった。

沙絢は気にしないと言いそうだけれど、俺の部屋は今、他人を呼べるような状態じゃない。

「……沙絢の家にお邪魔させてもらってもいいか？」

「はい。そう言うと思って、実はウチに向かって歩いてます」

「俺……なんか、この前から沙絢の手の平の上で、いいようにコロコロと転がされていないか？」

「ふふっ♪」

沙絢は微笑《わら》うだけで答えない。

……正直に言えば、それを嫌だと感じないのだから、特に変更する必要もなさそうだけれど。


「……ここが、沙絢の部屋なのか」

ひらひらしていたり、ピンク一色だったり、ぬいぐるみがたくさんあったり……という想像は全て外れていた。

とはいえ、飾ってある小物なんかに沙絢っぽさを感じる。

「そんなふうに部屋を見られると恥ずかしいですね」

「ああ、ごめん。でも、綺麗に片付いているし、おかしなところはないと思うぞ」

「ありがとうございます。あ、そうだ。わたしの下着でしたら、そこのタンスの下から2段目に入っています。今からお茶の用意をするので、5分くらいは戻ってきませんから」

「今の会話の流れに、沙絢の下着がどこにあるとか、戻ってくるまでの時間とか、必要なかったよな？」

「あら？　不要ですか？　先輩好みの下着を選んでおいてもらったら、今後は同じ系統のを買うようにしますよ？」

一瞬、自分好みの格好をした沙絢の姿を思い浮かべてしまった。

そのことに気づいたのか、くすりと笑う。

「それじゃ、10分くらいはのんびりしていてくださいね」

なぜか時間が長くなっているが、そう言って沙絢は部屋の外へと出ていった。

女の子の部屋にひとり残されて、なんだか落ち着かない。

余計なことをしないように、沙絢の思惑にはまってあちらこちらに触れないようにと、俺はその場でじっと座っていた。

けれど、部屋には沙絢の——あの、抱きしめて慰めてくれたときと同じ匂いが満ちていた。

「すぅ——」

「匂いを嗅ぐなら、わたしから直接のほういいんじゃありませんか？」

「ふわあぁわあああっ!?」

いきなり耳元で囁かれて、動揺した俺は悲鳴じみた声をあげた。

「わたしの匂い、気に入りました？」

「あ、いやっ、いい匂いだと思っただけで、それ以外の意味はないというか……」

「それ以外の意味？」

「あ……」

しまった、墓穴を掘ってしまった。

持ってきた飲み物をテーブルの上の置くと、沙絢が俺の顔をのぞきこんでくる。

「あのときのこと、思い出していたんですか？」

「う……」

顔がみるみる熱くなっていく。たぶん、傍目にもわかるくらい赤くなっているだろう。

「……そんなにわかりやすく反応されると、どうしたらいいのかわからなくなりますね」

「し、しかたないだろ。その…………あのときのことは忘れられないし、すごく感謝してるんだから」

「忘れられないのは、感謝の気持ちだけですか？」

「え……？」

「先輩は、女の子の部屋でふたりきりになっても、何も感じないんですか？」

「い、いや……それは……」

「今日はずっと、わたしの口元……見ていましたよね？」

甘い声が耳朶《じだ》をくすぐり、沙絢の吐息が熱を帯びてきているのを感じる。

「思い出していたんじゃないですか？　わたしに、フェラチオをされていたときのことを。また、してほしいと。ああいうことがしたいと思っていたんじゃないですか？」

まっすぐに見つめてくる沙絢の目が、わかっていたのだと告げている。

「ただ、頷いてくれればいいんです。そうしてくれれば………あのときよりも、もっとエッチなことができますよ?」

俺を煽るように、自ら求めるように、訴えてくる。

「それは……だめだ」

「え……?」

気力を振り絞るように、否定の言葉を口にすると、沙絢は絶望にも似た表情を浮かべる。

「……流されるにしても、沙絢の手の平の上で踊るにしても、最後は自分で決めて、自分で言わなくちゃ、きっと後悔するから」

俺は不安の色を滲ませている沙絢と向かい合い、今の気持ちを伝える。

「俺は、俺の意思で……沙絢とエッチなことがしたい……あれ? なんか変だな。そういうことじゃなくて、その……」

沙絢は堪えきれないとばかりに、くすくすと笑い出してしまう。

「ええと、その……わかりにくかったかもしれないけど、俺は、俺の意思で、沙絢とエッチがしたいと思ってるから」

「あはは、もう、ムードも何もないんですから」

「そういう難しいことを、俺に求めないでほしい」

「そうですね。でも……今の先輩の言葉、嬉しかったですし、いいですよ。前よりも、もっとエッチなことしましょう」

そう言うと、沙絢が俺の手を握ってくる。

「力が入ってガチガチですね。先輩、緊張しています？」

「……ああ。めちゃくちゃ緊張している」

「実は、わたしもです」

言われて、彼女の手が小さく震えているのに気づいた。沙絢も同じように緊張していることに、どうして気づけなかったのか。

「ええと、できるだけ優しくする。それでも、上手くできなかったら――」

「次があります。それでもダメなら、次の次でも」

「……そうだな。失敗しても、やり直しをすればいいのか」

「そうです。それに、先輩が女の子の扱いに不慣れなのはわかっていますから」

「事実だけに何も言えないな……でも、沙絢だって男の扱いに慣れているってわけじゃないよな？」

「慣れていたほうがよかったですか？」

からかうように聞いてくる。

西志村が彼女の名前を呼んだときに感じた、ざらついた気持ちを思い出す。

「……それは、嫌、だな」

「一緒に慣れていきましょう♪　そのためにも、まずは先輩がずっと気にしていた、わたしのおっぱいを好きにしていいですよ？」

沙絢は俺の手を取ると、自分の胸に押し当てた。

「あ……」

服の上からだというのに、柔らかさが伝わってくるようだ。

「先輩だけに触られるのは不公平ですから、わたしもおっぱいに触りますね」

「へ……？」

沙絢が手を伸ばすと、俺の胸に触れる。

「んー。ぺったんこですね。いいなー。これなら肩こりとかもしないそうですし」

「ええと……肩こり、酷いのか？」

「酷いってほどじゃないですけれど、たまにおっぱい邪魔だなーって思うことありますよ？」

「そ、そうなのか？」

「はい。あ、そうだ。どれくらい重いのか、実際に持ち上げてもらえば、わかりますよね？」

「実際に持ち上げるって……」

「先輩、服……脱がしてもいいですよ？　わたしも、先輩のことを脱がしますけど」

ためらっている俺とは違い、沙絢は楽しげに微笑みながら、俺の胸元へと手を伸ばしてくる。

ボタンを留める向きの違いや、他人が着ている服の脱がしにくさなんかを話しながら、気づけば揃って生まれたままの姿——裸になっていた。

自分とはまったく違うラインを描く女の子の体を前に、俺は思ったことを口にしていた。

「……沙絢、すごく綺麗だ」

「い、いきなり何を言ってるんですか」

俺の言葉は予想外だったのか、沙絢の顔がみるみる赤くなっていく。

「でも、他に上手い言葉が出てこなくて……綺麗だって思ったのは、嘘じゃないから」

「そ、そういう先輩に似合わないセリフ、さらっと言わないでください」

「俺に似合うセリフって、どんなのだよ」

「『おっぱいでっかいな。ぐへへ。揉んだりしゃぶったりさせてもらうぞ？』とかですかね」

「いくらなんでも、俺じゃなくても、初めての相手にそんなことを言うやつはいないと思うぞ？」

「……たしかにおかしいですね。もし、先輩にそんなことを言われたら、エッチをするのは延期するところでした」

「延期って……やめたりはしないんだ」

「やめてもいいんですか？」

「あ、いや……」

からかうような顔をした沙絢に聞き返されて、俺は答えに窮した。こういうやり取りは、彼女のほうが一枚も二枚も上のようだ。

「それじゃ、さっきの話が本当かどうか、試してもらいますね。先輩、わたしのおっぱいを両手で持ち上げてみてください」

やや早口に沙絢が言った通り、俺は彼女のおっぱいを手の平に載せると、そのまま持ち上げた。

「うわ……」

服の上から触ったときとは、比べものにならないくらいに柔らかい。そして――。

「本当に重いんだな」

沙絢は邪魔だと思うこともあるみたいだけれど……大きさだけでなく、その重みさえも心地良く、いつまでもこうしていたくなる。

たぷたぷと上下に揺らしたり、揉んだりと、気づけば夢中になっておっぱいを弄っていた。

「ん、あ……は……」

沙絢が吐息をこぼす。なんだかすごく色っぽくて、聞いているだけで、落ち着かない気分になる。

「わたしだけされてるのって不公平ですよね？　だから、もっと先輩の体に触りますね」

さっきと同じように俺の胸を触るのかと思っていた。けれど、沙絢が手を伸ばしてきたのは、股間だった。

「うあ……！」

フェラチオのときのように竿を握るのではなく、指の腹を使って亀頭を軽く撫でてくる。

「わ……！　びくって、びくって動きました。これ、大丈夫なんですか？」

「だ、大丈夫。刺激を受けて、反応しただけだから」

「こ、これが、本当に私のここに……入るんでしょうか」

沙絢が自分の股間に目を向ける。

「そのはず、だけれど……濡れてないと痛いみたいだな」

「じゃあ……先輩も、わたしのここ……弄ってください。お互いに触り合いましょう」

「え？」

「痛いのは嫌ですし、それに……わたしにされるだけじゃなくて、先輩もしてみたくはならないですか？」

こくこくと何度も頷く。

「えと……それじゃ、しますね」

沙絢はそう言うと、さっきよりも少し力を込めて亀頭を擦ってくる。

俺も彼女の股間――割れ目にそっと触れると、沙絢は小さく声を漏らし、腰をびくつかせる。

「う、わ……」

壊れ物を扱うように、軽く触れる。けれど、沙絢のそこが湿り気を帯びているのがわかる。

「ん……くすぐったい、です……先輩、もっと、強くしてもいいですよ？」

「強くって、こんな感じか？」

指の腹で割れ目を押し広げるようにしながら、軽く前後させる。

くちゅ、ちゅくっと、粘つくような音と共に、さらに水気が増してきたように感じる。

「はあ、はあ……んっ、そんな感じです……んっ！　わ、わたしも……もっと、しますね……」

沙絢は手の平を使って亀頭を包むようにして、擦ってくる。

俺はそのお返しとばかりに、愛液で濡れた指で、沙絢のクリトリスをコリコリと擦る。

互いに無言のまま、けれども、丁寧に、熱心に、お互いの秘所を触り合う。

こんなことをするのも、されるのも、初めての経験で、どれくらいすればいいのか、いつまでこうしていればいいのか、わからないままに続ける。

どれくらいそうしていたのだろうか。

沙絢も俺と同じことに思い至ったのだろう。

「はあ、はあ……んっ♥ あ……せんぱ……んんんっ、これ、いつまで……は、あ……んあっ♥」

「そ、そうだな……これくらいすれば……大丈夫、かな？」

「大丈夫、だと思いますけど……女は度胸って言いますし、いいですよ、先輩。してください！」

「なんか俺よりも男らしい感じがする……」

「なんですか、それ。わたしだって、さっきからドキドキしっぱなしで、今だって勢いでごまかしているだけなんですからね？」

そんなやり取りをしながら、俺はペニスを沙絢のおまんこ――膣口に、宛がう。

「んっ」

沙絢の体が強ばる。さすがに、軽口を叩く余裕もないようだ。

ゆっくりしたほうが痛みが長引くだろうし、一気にしたほうがいくらかでもマシなはず！

ぐっと腰を押しつけ、ペニスを彼女の中へと入れる。

「んくっ⁉」

沙絢は目を硬く閉じ、唇を引き結んでいる。

あと少しだけ、我慢していて……心の中でそう告げながら、キツく締めつけてくる膣道を進み、先端に抵抗を感じたところで、さらに深くチンポを突き入れる！

「あ、うあっ⁉　ん、くうぅぅ‼」

さすがに抑え切れなかったのか、呻くような声が漏れる。

「はあ、はぁ……先輩……入り、ましたか？」

目尻に涙を浮かべながら、沙絢が俺を見上げてくる。

「……うん。ちゃんと……繋がってる」

繋がった部分へと目を向ければ、そこにはうっすらと赤い色が滲んでいた。

……初めて、なんだな。わかっていたことではあったけれど、実際に見るとその衝撃は大きい。

大丈夫か？　なんて聞いたら、沙絢は絶対に大丈夫って言うに決まっている。

「ありがとう、沙絢」

「先輩……？」

「こんな想いをしてまで、俺を受け入れてくれて、嬉しいよ。だから、ありがとう」

「はは……もう、なんですか、それ……わたしが、そうしたくて、したんですからね？」

力ない笑みを浮かべ、沙絢が答える。

「でも……感謝してくれるのなら、このまま最後までしてくださいね。あと、できるだけ優しくしてほしいです」

「う、うん。できるだけがんばってみる。でも、痛かったり、苦しかったら、我慢しないで言ってほしい」

「……いいんですか？　わがまま、いっぱい言っちゃいますよ？」

「いいよ。いっぱい言ってほしい。沙絢のわがまま、聞かせてもらいたいんだ」

俺にできることなんて、あまりないだろう。それでも、彼女が望むことがあるのならば、叶えたい。

「それじゃ……痛みが落ちつくまでの間、ぎゅうっと抱きしめてください」

「……………そんなことでいいのか？」

「まずは、です。その後にも、お願いすることたくさんありますから、覚悟してくださいね？」

俺はひとつ頷くと、沙絢の体を優しく抱きしめる。

「ふふっ、こうしてると……気持ちいいです……先輩にぎゅっとされるの、わたし、好きみたい」

耳元で囁くように呟く声は、熱く、甘い。

「俺も、好きかも」

さらに力を込めて、沙絢の体を抱きしめる。

「んうっ」

結合部に痛みがあったのか、わずかに顔が強ばる。

「あ……ごめん」

謝罪の言葉を口にしつつ、俺は腕の力を緩めた。

「あ、だめですよ。ぎゅっとしてってお願いしたじゃないですか」

「あ、ああ。でも……」

「痛いのも嬉しいです。だから、気にしないで……って言ってもだめそうですね」

沙絢は苦笑しながら、両手で俺の頬を挟む。

「キス、してください。痛みを忘れるくらい。先輩のことしか考えられなくなるくらい、何度も、キスしてほしいです」

ねだられるままに、俺は沙絢と唇を重ねる。互いの唇が触れるか触れないかくらいの、淡いキス。

「えへへ。ファーストキスしちゃいました♪」

沙絢は嬉しそうに笑う。

ああ、そうか、これが……お互いにとっての初めてのキスになるのか。

「わたし、キスするの好きかもしれません……先輩、もっとしてほしいです……」

「……うん。俺も、沙絢とキスをするの、好きだ」

再び、俺は沙絢と唇を重ねた。

「ん、ちゅ……先輩……もっと……」

沙絢にねだられるまま、何度も、何度もキスをする。だんだんとやり方が、お互いの距離の取り方がわかってきた。

「ん、んっ、ちゅ、は……せんぱい……んっ、ちゅ……ん、ふ……」

さっきよりもはっきりと、彼女の唇の柔らかさや、甘い香りをはっきりと感じ、頭が沸騰しそうなくらいの多幸感に包まれる。

「んあ……はあ、はあ、はあ……先輩、もう……動いても、へーきです。だから……」

「でも、痛みは？」

「ジンジンしてはいますけれど、さっきよりは痛くないです。それに……」

今まで以上に顔が赤くなっていく。

「キス、何度もされて……感じちゃって……だから、もう、動いても大丈夫かなって……」

ゆっくりと腰を引いてみる。

「んうっ⁉」

小さく呻く。まったく痛みがないわけじゃないようだけれど……。

「先輩は、わたしのことを気にせず、欲望のままに好きにしていいんですよ？」

「いや、そんなふうに言われると、かえってできないだろ？」

「でも、このままだと、いつまでも終わらないですよね？　先輩、射精できますか？」

「それは……」

さすがに挿入しただけの状態では、難しいかもしれない。

「セックスって、慣れれば気持ちがいいんですよね？　今はまだ痛いだけです。ずっとこのままだと、すっごく損をしているみたいな気がします」

「ごめん。俺は……最初から気持ち良くて」

ただ繋がっているだけでも、膣がうねってチンポを締めつけてくるので、じわりとした快感があった。

「うう……不公平です。わたしが気持ちよくなれるように、先輩も協力すべきじゃないですか？」

「わかった。続けるけど……本当に無理だったらちゃんと言うこと」

「はい、それじゃ先輩のテクニックに期待しますね♪」

「いや、俺、童貞だから。テクニックとかないから」

「もう、童貞じゃありませんよね？　わたしも、処女じゃなくなりましたけど」

「そういえば、そうなるのか……でも、初めて同士って、上手くいかないことが多いんだろう？」

「そこは、先輩がエッチな映像とか本とかで得た情報で……」

「さっきからちょっと変なことを言ってるのって、もしかして……緊張したりしているのか？」

「な、なんで……こういうときだけ、わかるんですか」

恨みがましい目で俺を見る沙絢の顔は真っ赤だ。

「だって……先輩のがここに入ってるんだって、嫌でも意識しちゃうじゃないですか。そんな状態で、いつも通りになんてできないですよぉ……」

俺のモノを受け入れている彼女は余裕がないせいか、いつもの小悪魔的な空気が薄く、健気にも見える。

それが普段とのギャップで、とてもそそる。

「……上手く、できなかったらごめん」

そう告げて、俺はゆっくりと動き出す。

「んっ……♥　先輩のおちんちんが、わたしの中、いっぱい押し広げて、あ、ふっ、はぁあ……」

沙絢は呟くと息を深く吐く。それに合わせて、俺は腰を軽く前後させる。

「ん、うっ……あ、う……」

動きに合わせ、ときおり眉を軽く寄せ、軽く顔をしかめる。

痛みがないわけではないが、我慢できなくはない……という感じか。それに、おまんこのほうはきゅうきゅうと吸いついてくるようで、離れたくないと言っているかのようだ。出して、入れて。負担をかけないように、何度もくり返す。

「んあっ、は、う……ん、んくっ、あぁ……せんぱい、んっ……は……はあ、はあ……」

切なげに喘ぎ、潤んだ目を俺に向けてくる。

沙絢は恥ずかしがっていたけれど、挿入した直後よりも水気が増しているような気がする。これくらいぬめっているほうが動きやすいし、沙絢も痛みが軽減されるんじゃないだろうか。

愛液を潤滑液代わりにして、チンポを再び膣内へと挿入していくと、もっと奥へ、もっと深くと、求めるようにおまんこがうねる。

「うあっ……く」

気持ち、いい……！

膣と亀頭が擦れ合うたびに、背筋がぞくぞくするような刺激が生まれる。

腰の動きが自然と速まる。

勢いがついたぶん、より深く、沙絢の膣奥までペニスが届く。

「うっ、うあっ、あっ、うくっ、せんぱ……先輩、先輩っ、あ、あっ、ああっ」

沙絢が喘ぎながら、俺の腰に足を絡めてきた。膣内の圧力が高まり、膣襞と亀頭がより

強く擦れ合う。

「そんなに、キツくされたら……」

「あ……先輩、先輩……！」

沙絢にも余裕がないのか、足だけでなく、背中に腕を回して抱きついてくる。

全身が密着し、彼女の体温と濃くなった甘い匂いに、どうしようもなく昂ぶっていく。

まだ、入れてすぐなのに。自分でしているときなら、もう少しもったかもしれない。

けれど、湧き上がってくる衝動に、抑え切れない快感に、俺はあっさりと限界を迎える。

「ごめ……沙絢っ！」

彼女の体を強く抱きしめた瞬間——

「うあっ、あああああっ‼」

びゅくっ、びゅぐっ、びゅるううっ！　どぴゅっ、びゅううっ‼

勢いよく迸った精液が、彼女の膣奥を叩き、弾ける。

「ふあっ⁉　あ、ああっ♥　んんっ、せんぱ……あ、これ、射精……んっ♥　出てる……

先輩の、いっぱい……あ、はぁあ……♥」

沙絢は、俺の射精を受け止め、恍惚とした表情を浮かべていた。

「ん……はあ、はあ……は、あ……あ、ふ……」

「沙絢？　その、ごめん。がまんできなくて……それに、途中から……激しかったというか、やりすぎたかも……」

　俺がそう尋ねると、沙絢は耳元に口を寄せてくる。

「はあ、はあ……いいんです……わたし、嬉しかったですから……」

「嬉しいって……？」

「先輩が夢中になるくらい、わたしのことを求めてくれたことが、です」

　くすりと、いたずらっぽく微笑った。

「それは……って、あっ⁉　沙絢、俺……膣内に出して――」

　のんびり話をしている場合じゃない。慌てて体を離そうとしても、沙絢は抱きついたままだ。

「沙絢……？」

「もう少し、このままで……。今日、大丈夫な日ですから、平気です。それに、もし大丈夫じゃなくても、わたしはかまいませんよ？」

「そっか……大丈夫みたいで、ほっとしたよ」

「むー、なんですか、それ？　責任を取りたくないってことですか？」

「そうじゃなくて、口調とかだよ。いつもの沙絢に戻ってるみたいだし」

「いつもの……？」

「さっきまでは、その……可愛いかったし、エロかったけれど、沙絢っぽくない感じだったから」

「な、なんですか、それっ。今もさっきも、わたしはわたしです。何も変わっていません。先輩こそ、なんかちょっと格好良いっていうか、らしくなかったじゃないですか」

「そ、そうか？」

「そうです。先輩なんて、私のすることに振り回されて、あたふたしていればいいんです」

不満というか、理不尽というか、そんなことを口にしつつも、初体験をしたことについては文句はなさそうだ。

「もう……次のときは、こんなふうにいきませんからね！」

第二章 小悪魔な彼女がいる暮らし

童貞を捨てると世界の見え方も変わる……なんて話を聞くけれど、俺の場合はそこまでの変化はないようだ。

けれど、あれが衝撃的な体験であったことは違いない。昨日は帰ってからも興奮が収まらず、眠れなかったので寝不足だ。

あくびをかみ殺しながら教室へと入ると、俺に気づいたのか西志村がこちらへとやってくる。

「杉山。素直に謝るのなら、昨日のことを許してやってもいいぞ？」

どういう経緯でそう結論したのかわからないが、西志村の中では俺と沙絢のほうに問題があったのだという形で落ちついたらしい。

「俺が西志村に謝ることなんて、何もないけど？」

「杉山のくせに、ずいぶんな態度だな？　あることないこと言って、沙絢に慰めてもらって、調子に乗っているのか？」

「はぁ……。お前と話をするつもりはないと言ったよな？　声をかけてこないでくれ」

溜め息と共にそう言い捨て、自分の席へ向かう。

しかし、そんな態度が気に食わなかったのだろう。俺の腕を掴み、顔を寄せて睨んでくる。

「イキってんじゃねーぞ？　てめぇみたいな陰キャ、潰そうと思えば、いつでも潰せるんだからな」

声を潜めて脅迫じみたことを口にする。

俺は無言のまま西志村を睨み返しながら考える。

西志村とは、偽告白のことがあるまで、挨拶すら交わしたこともなかったような関係だ。

いくら俺が気に食わないとはいえ、こんなにしつこく絡んでくるのは、どうしてなんだ……？

「ああ、そうか。沙絢の気を惹きたいのに、俺がいると邪魔なのか」

思わず呟いた言葉に、西志村が体を引く。その顔はやや赤みがかっていた。

「わかってんなら、あの子にまとわりつくなよ」

さすがに自分勝手が過ぎるだろう。

西志村と揉めても勝てるとは思えないが、それでも怒りを抑えるつもりはない。

「なんで、俺と沙絢のことに、無関係な西志村が口を出してくるんだよ」

無関係、という言葉を強調しながら言うと、西志村はいきなり俺の胸倉を掴んできた。軽く抵抗をしてみたけれど、ビクともしない。わかっていたが、腕力では勝てそうもないな。

以前ならば、こんなふうに脅されていたらパニックになっていたかもしれない。恐怖に震えていたかもしれない。けれど今は、目の前で身勝手なことを繰り返している西志村への怒りのせいか、頭が妙に冷えている。

「おいおい、西志村。何があったか知らないけど、やめとけよ」

これ以上は、さすがに問題になると判断したのだろう。陽キャグループの男子のひとりが、やや慌てた様子でそう言った。

「こいつが俺の忠告を無視しているから――」

「忠告？　自分が沙絢に相手にされないからって、仲良くしている俺に八つ当たりをしていただけだろ？」

周りに聞こえるように、わざと大きな声で言う。

西志村は普段は外面よくしている。こういうときにも気にするだろう。

「……黙れよ」

「なんで黙る必要があるんだ？　お前がした悪趣味な遊びも、八つ当たりも事実だろ？」

「マジで、調子に乗ってんじゃねーぞ？　てめぇ、ぶっ殺されたいのか？」

「ぶっ殺すとか言ってる時点で、杉山があんたを疑うのも当然じゃん。そのくらいにしときなよ、西志村」

ちょうど登校してきたのか、安良田さんが窘《たしな》める。

「安良田の言うとおりだ。西志村、お前……さっきからちょっとおかしいぞ？」

「そうだねー。そのくらいにしておいたほうがいいんじゃない？」

さすがに見過ごせなくなったのか、陽キャグループのメンバーが口を挟んできた。

「……くそっ」

「西志村、俺はそれくらいにしておけと言ってるんだが？」

「ちっ」

再度、陽キャグループのやつに言われると、西志村は舌打ちと共に、俺を突き飛ばすように掴んでいた手を離した。

沙絢の言っていたが、西志村は陽キャグループにいるが、中心的な存在というわけじゃなく、端に〝いさせてもらっている〟ようなタイプだ。

自分の立ち位置や、周りからの評価に敏感なタイプだろう。

だから、それを危うくするような事態や人間に対して攻撃的になる。

たとえば、立場が低いくせに逆らってくるクラスメイトとか。

「あーあ、やってらんねー。なんで、俺が悪いみたいになってんだよ」

不機嫌そうな顔で、周りに聞かせるように大声でそう言うと、自分の席へと戻った。

「ふう……」

怒りに我を忘れ、半ば意地になってやったことだけれど……うまくいってよかった。

しかし、慣れないことをするものじゃないな。

今も心臓がバクバクしているし、背中に冷や汗が滲んでいる。いつの間にか握り締めていたのか、痛いくらいに手の平に爪が食い込んでいた。

これで、西志村が絡んでこなくなればいいんだけど……。

再び俺は、深く溜め息をついた。


「……そんなことがあったんですか？」

今日も彼女の部屋で。西志村とのやり取りを聞いて、沙絢が呆れたような顔をする。

「まあ、それだけ沙絢のことが好きなのかもしれないけど……」

「あの人のあれは『学校で人気のある女の子を彼女にしている俺ってすごい』ってことだと思います。あとは、和也先輩への嫌がらせとか」

「あー、そうか……言われてみれば、そんな感じがするな」

「はい。別に本気でわたしのことが好きってわけじゃないと思います。なのに、しつこく絡んできて……本当に迷惑ですよね」

頬を膨らませ、プリプリしている。

そんな顔も可愛いな、なんて思っていると言ったら、俺も怒られるだろうか。

せめて、敵意が俺だけに向いてくれるのならいいんだけど……。

「だとしたら、俺が西志村に文句を言うのは逆効果でしかないのか……」

「しばらく、沙絢は俺の教室へ来ないほうがいいかもしれないな」

「なんであんな人のために、我慢しなくちゃいけないんですかー」

不満げに唇を尖らせる。

「わたしは、わたしのしたいことをしたいようにしますよ？　先輩に会いたくなったら会いに行きますし、抱きつきたくなったら、抱きつきますから♪」

そう言うと、沙絢は自分の胸を押しつけるように、俺の腕に抱きついてくる。

「ええと、沙絢……？」

「ああいう人は面倒ですから、今後は、できるだけ関わらないようにしてくださいね？」

「そうだな。できるだけ避けておこう」

……とはいえ、沙絢のことで何かあったら、今日と同じようなことをするだろうけれど。

「口先だけって感じですね。また、何かあったら同じことするって顔してます」

「そ、そんなことはないぞ？」

「先輩が、わたしのためにがんばってくれるのは嬉しいですけれど……無理したらだめですよ？」

「わかってるよ。俺も、西志村みたいなやつと積極的に関わりたいとは思っていないから」

「んー、それは本当っぽいですね」

「俺が嘘を言ってるかどうか、わかったりするのか……？」

「先輩、わかりやすいですから」

「そ、そうか……」

自覚がないわけじゃないけれど、そんなに顔に出ているとは思わなかった。

「いっそ恋人になったーって言って、外堀だけじゃなくて内堀も埋め……じゃなくて、既成事実をつくって……あの気持ち悪い人が何をしても無駄だってこと、わからせましょうか♪」

「うーん……」

「あ、あれ？　先輩……？」

俺が乗り気じゃないからか、沙絢が戸惑った顔をする。

「それだと、西志村を気にしているみたいだよな。なんか、嫌じゃないか？」

「言われてみれば、そうですね。今のはわたしが悪かったです。だから、言い直しますね」

沙絢はそう言うと、顔を寄せてくる。

「先輩と、ふたりだけの思い出を作りたいんです♪」

さすがに恥ずかしいのか、沙絢は頬を染めている。

そんな顔をされたら、断れるはずもない。

「でも、いいのか？　したばかりだし、痛みとか……」

「それは大丈夫です。それに、一回したんですから、二回も千回もあまり変わりませんよね？」

「いや、桁がいきなり増えてるっ、二回はともかく、千回は十分に変わっているからっ」

「そうですか？　どうせ、そう遠くないうちに、それくらいはすることになると思いますけど？」

「することは確定なのか……」

「先輩、わたしとエッチするの、嫌だとか言いませんよね？」

「嫌だなんて言わないけど……」

「ふふっ、先輩ってば、そんなにわたしとエッチをしたいんですね♪」

「あれ？　俺がしたいって言ったみたいになってないか……？」

軽口を叩きながらも、沙絢は俺の股間を撫で続けている。

「こうしてると、先輩のここ……どんどん、おっきくなってきていますよ？」

「それは……」

「ズボン、脱がせますね。お尻、少し上げてください」

俺は沙絢に言われるままに腰を軽くあげると、笑顔の沙絢にパンツごとズボンを引き抜かれた。

「先輩、おちんちん、こんなになってますよ?」

勃起しているチンポを見て目尻をとろりと下げると、竿の根元から先端へまで指を這わせてくる。

「びくんっびくんってしてますね……もっと強くしてほしいですか?　もっと弄ってほしいですか?」

くすくすと笑いながら尋ねてくる間も、沙絢は焦らすようにペニスを刺激してくる。

完全に、沙絢のペースだ。このまま身を任せ、彼女のしたいようにされるのもいいけれど……。

股間を弄ってくる沙絢をベッドに押し倒しながら、唇を重ねる。

「んんっ⁉」

自分が責められる側に回ると思っていなかったのか、沙絢が戸惑った顔をしている。

これまでは、俺が受け身の側だった。だから、こんなふうに、自分から沙絢を求めるようなことは、あまりしていない。

「ん、ふぁ……先輩、なんか……いつもと違う人みたいです……」

「嫌だったか?」

「嫌じゃ、ないですけど……」

「だったら、もっとキスをしてもいいよな」

答えを聞く前に、俺は再び唇を重ねる。

セックスはともかく、キスならば沙絢の言ったように、すぐに千回を超えそうだ。

「ん、ちゅ……ちゅっ、ん、んっ……はあ、はあ……キス、気持ちい……先輩、ディープなのもしちゃいませんか？」

「ええと、舌を絡めるようなやつだっけ？」

「はい、そういう感じの、すごくエッチで濃厚なキスのことです」

「……うん、してみようか」

完全に主導権を握ることはできず、沙絢のペースに巻きこまれている。

とはいえ、彼女の提案は魅力的だ。

唇を重ねて、沙絢の口内へと舌を差し入れる。尖らせた舌先で、彼女の舌をちょんちょんとつつくと、同じように応えくれる。

それが嬉しくて、さらに大胆に彼女を求める。伸ばした舌と舌を押しつけ合い、ぬるぬるると擦り合わせる。

「ん、ちゅ、んぷっ、ん、んっ、せんぴゃい……んんんっ、ん、ちゅ、ぴちゅ、ちゅ……」

普通にキスをしたときは、ふわふわとした気持ち良さだった。

けれど、こうして激しく求めあい、吐息さえ逃さないように深く繫がると、まったくと言っていいほど違っていた。

唇や舌も、快感を得ることのできる器官なのだと実感しながら、さらに激しく舌を使う。

「ちゅぴ、ちゅ……ぬりゅっ、ちゅぴ、ちゅむちゅ、じゅっ、じゅる、ちゅむ……ぷあっ！　はっ、はあ、はあ……ん、ふあぁぁ……」

口を離すと、名残を惜しむように幾筋もの唾液が糸を引く。

沙絢は、息を乱して肩を上下させ、目許を赤く染めて、恍惚とした表情を浮かべていた。

彼女にこんな顔をさせているのは、俺なんだと、そう思うと、股間が痛いくらいに張り詰めてくる。

もっと、したい。

俺は再び彼女と唇を重ねると、先ほどよりも深く舌を差し入れる。

「んむっ、ん、ちゅ、ちゅぷ、せんぱ……んっんっ、ちゅむ、ちゅむ、んんっ」

舌を絡め取り、唾液をすすり、逆に口内へと流し込む。

そうやってキスをしながら、彼女の体……太ももや腰、脇腹へと手を這わせる。

「はあ、はあ……そんなに、わたしとしたかったんですか？　わかりましたから……ひゃんっ⁉」

沙絢の体をひっくり返し、ベッドに軽く押しつける。

「せ、先輩？　あ、あの……」

「うん、したい。沙絢とエッチしたい。だから、このままするよ？」

「え？　ちょ、ちょっと待ってください。さっきから、なんか、いつもと違いすぎて……あ、んっ」

限界まで張り詰めたペニスを、彼女の股間に押しつける。

パンツ越しでも、はっきりとチンポの硬さや熱が伝わっているはずだ。

彼女の秘裂に押しつけるように亀頭を密着させたまま腰を前後させる。

そうすると、沙絢の股間も湿り気を帯びているのがわかった。

パンツをズラして、入り口に亀頭を宛がう。強引だってわかっている。けれど、自分を抑えられない。

「……いいよね？」

「待――んあああっ⁉　あ、先ぱ……んんんっ」

沙絢のそこは、初めてのときよりも抵抗なくペニスを受け入れた。

「はあ、はあっ、はあっ、はあっ、ん……」

前ほどじゃないけれど、狭くて、キツい。それに……うねうねと中が動いて……じっとしているだけでも気持ちいい。

入れただけでこんなになるなんて、これが体の相性がいいっていうやつなんだろうか？

「はあ、はあ……沙絢、痛くない？」

すぐにでも射精してしまいそうな快感に耐えながら、俺は沙絢にそう尋ねる。

「はい……ほとんど、痛みはないです。でも、少し、待ってください……すぐには――んあっ⁉」

腰を軽く引くと、沙絢は戸惑ったような声を上げる。

「あ、待ってって、言ったじゃないですかぁ……」

沙絢は肩越しにこちらを振り返ると、少し恨みがましい目を向けてくる。

「この体勢のままでいるよりは、一度、抜いたほうがいいと思ったんだけれど……それなら、こっちならいいかな？」

腰が密着するくらい深くつながりながら、手を伸ばして彼女の胸に触れる。

「ひゃンッ⁉　あ、そこも、今……だめですっ。んっ、んっ」

制服のブラウス越しに触れるだけでも、感じているみたいだ。

どうやら、今の沙絢は、全身がかなり敏感になっているみたいだ。

だったら……。ブラウスの前をはだけ、ブラジャーのホックを外す。露《あらわ》になったおっぱいを、手の平全体で持ち上げながら、指の間に挟んで乳首を刺激する。

「んあっ、あっ、や……おっぱいで、どうしてこんな……感じちゃう……んんっ」

硬く尖っている乳首を指で弾き、乳輪を撫で回す。

いつもは余裕な態度でからかってくる沙絢が、俺の行為に翻弄されている。

「そろそろ、こっちもいいよね？」

俺が何をしようとしているのかわかったのだろう。沙絢が、頬を引きつらせる。

「ま、まだ――」

抜ける直前まで腰を引き、ずんっと、一気にペニスを深く挿入する。

「ふああああっ⁉」

沙絢が軽くのけぞって甘い悲鳴を上げる。

さっきよりも少し速く、ストロークの幅を短めにして出し入れをしながら、浅い部分を中心に責めていく。

「んっ、んっ、あっ、あうっ……んっ、あ……先輩、いきなり、すぎ……エッチ、するのは嫌じゃないですから……だから……んっ、んっ、もう少し……あ、ああっ」

腰を使うたびに、沙絢のおまんこが潤いを増していく。

気持ちいいのかな？　気持ちよくなっているのなら、嬉しい。

そんなことを思いながら、丸みを帯びた彼女のお尻をつかむと、より深く腰を打ちつけていく。

「んっ、あふっ！　んっ、ああっ！　せ、先輩……まだ、刺激、強いから……いきなり、そんなにされたら……んっ、んああっ」

膣襞を擦りあげると、沙絢の声が甘さを含んだものとなる。

「わたしの中、硬いの……擦れて……んぁ……！　そんなにされたらぁっ、ん、あぁっ♥」

吐息は艶を含み、言葉が快感に上ずっている。

「あ、んんっ♥　前と、ちがうとこ……んっ、あ、や……そこ、擦れるの、変な感じ……あ、あっ」

沙絢が戸惑っているように、後ろからだと感触が違う。正常位でしたときとは違う場所に当たり、擦れる。

「んっ♥　あああっ♥　そ、こ……だめです……んんっ♥」

反応がいいのは、お臍の下付近を突き上げるように腰を使ったときだ。

たしか、Gスポットとかいうんだっけ？

実際にあるかどうかはわからないけれど、他の場所とは違って少しざらついているそこを中心に責め続ける。

「はっ♥　あっ♥　せんぱ……だめ、そこばっかり、擦るの、だめ……だめですっ、ああっ♥　んんっ♥」

普段は俺をからかい、誘ってくる沙絢が受け身で乱れている様子は、とてもかわいらしい。

興奮を誘われ、俺はさらに抽送を続ける。

「んはぁっ♥　あっ、せんぱい、ん、ふぅっ♥　あっ、ん、はぁっ、先輩の、ん、おちんぽが、ああっ♥」

じゅぷ、じゅちゅ、ちゅぐっ。結合部は淫らな音を奏でる。

チンポを引けば、まるで逃がさないとばかりに膣口が山型に盛り上がって締めつけてくる。

腰を密着するほど深く突き入れれば、濡れた膣襞がねっとりと絡みついてきて、より奥へと導くようにおまんこ全体がうねる。

気持ちいい、気持ちいい……！

ただ、それだけが思考を埋め尽くしていく。

「あっ♥　あっ♥　い……いきそ……んんっ♥　い、いく、いく……あっ♥　おちんちんで、いく、いっちゃう……！」

枕に顔を押しつけ、お尻を高くあげる。

もっと深く、もっと強く、もっと激しく。チンポが抜ける直前まで引くと、一気に根元まで挿入する。

何度も、何度も、ペニス全体でおまんこの中を余すところなく責めあげていく。

亀頭で膣奥を叩き、カリで襞を引っ掻き擦る。

動くたびにじゅぷじゅぷと淫音を奏でるおまんこからは、白く泡だった愛液が幾筋も糸を引いて、シーツの上へと滴っていく。

「あっあっ、きもち、い……あっ♥　しゅご……せんぱ、すごい……あっ、これ、だめだめ、おかひくなりゅ、なっちゃういましゅからぁ……！」

頭を激しく左右に振りながら、沙絢が訴える。

「沙絢、沙絢っ」

フェラのときは感動もあった。初めてのセックスのときは、必死だったからかそこまで余裕がなかった。

ただの思い込みかもしれない。でも……セックスが、こんなにも気持ちがいいなんて……！

自分の意思を無視して腰が動く。

沙絢のことを気遣って、優しくしたいのに、より激しくなっていく。

「あっ♥　ああっ♥　あ、は……わ、わたし、これ……だめ、だめぇ……い、いく、いきそ……」

俺と同じように……もしかしたら、それ以上に沙絢も昂ぶってきているのを感じる。

喘ぎながら自ら腰を振り、体をくねらせながら切羽詰まった喘ぎを上げる。

ほんとうに、イキそうなんだろうか？

彼女を自分の手で、絶頂へ導きたい。満足させたい。そう思っても、圧倒的な快感を前にすれば、どうしようもない。

「あ、沙絢……だめだ……！　もう、我慢なんてできないっ」

せり上がってくる強烈な衝動のまま、俺は激しく腰を前後させる。

「あああ……あっ、あっ♥　い、あ……これ、いっ、い、いくっ、せんぱ……い、いきましゅっ、せっくす、いく、いっひゃ……あっ、ああっ♥」

彼女のおまんこを突いて、突いて、突いて、突く。ただがむしゃらに腰を使い、激しく責めたてる。

「んあっ♥　あっ♥　あ、あ、ああぁーっ!!」

もう、言葉を話す余裕もないのか、沙絢はひっきりなしに喘ぎ、俺のなすがままだ。

体に力が入らないのか、ベッドに倒れこみそうな沙絢の腰をしっかりと掴んで、ぐっと引き上げる。

「う、ああっ!!　沙絢っ!!」

ずんっと、彼女のもっとも深い部分を、強く、深く、突き上げる！

「ひあっああぁっ♥」

びくんっと、お尻が高く跳ねあがり、そして――

「んああああああああああああああああっ!!」

全身を震わせながら、絶頂の甘い声をあげる。

ぎゅううっと膣が収縮し、チンポ全体を締めつけてくる。

「く、ああっ！」

びゅくっ、びゅるるるっ！　どぴゅっ、びゅっるるっ‼

びっくりするくらいの勢いで、大量の精液が彼女の膣内を満たしていく。

「あ……うあっ！　う、くぅうっ‼」

二度、三度と、ペニスが跳ね、彼女の中へと残っていた白濁が迸《ほとばし》る。

気持ち、いい。気持ち良すぎて、抜く余裕なんてなかった。

「あっ、あっ、でてる……お腹の奥まで、せんぱいの……いっぱい……んんっ♥　あ、はあ……♥」

幸せそうに呟くと、沙絢はベッドに突っ伏すように倒れこんだ。

「はっ、はっ、はあ、はあ……あ、ああ……はっ、はあ…………あ、んっ♥」

ベッドに突っ伏して、ぐったりとしている。

……少し、やり過ぎてしまったかもしれない。

「沙絢、大丈夫か……？」

「ん……へーき、れす……あ…………ん……」

まだ絶頂の余韻が抜けきっていないのか、快感に蕩けたまま、舌足らずに答える。

背中からお尻へと手の平を這わせ、ゆっくりと撫で続けた。

「ん、あ……せんぱい……♥」

「ごめん、中に……だしちゃって……」

「ん、いいんです……先輩の、ぜんぶ……わたしの、なんですから……他になんて……だめ、です……」

ふわふわとした口調で呟くと、そのまま眠ってしまったかのようだ。


あの日から数日が経過した。

その間、西志村は気味が悪いくらいに大人しくしていて、まったく俺と沙絢に関わってはこなかった。

だから、油断をしていたのかもしれない。

「杉山。ちょっと話がある。10分ほどしたら、職員室へ来てくれ」

帰りのHRが終わると、担任はそう言い残して教室を出て行った。

……呼び出されるようなことについて、何も心当たりがないんだが。

首を捻っていると、沙絢が教室へとやってきた。

「和也先輩、帰りましょう♪」

「先に職員室へ寄る用事があるんだけど、かまわないか？」

「もしかして、呼びだしですか？　あ、先輩が留年するなら、同級生になれますね♪」

「不吉なことをさらりと言わないでくれ……まあ、呼びだしなのは事実だけれど」

「え……？　本当に何をしたんですか？」

「それが、心当たりがないんだよな……」

「わかりました。一緒に行きます！」


沙絢に付き合ってもらい、職員室へ。話が終わるまで廊下で待っていてもらうように伝え、中へと入った。

「先生、あの……何の用事でしょうか？」

「ああ、ちょっと妙な話を聞いてな。その確認をしようと思ったんだが……指導室のほうがいいか？」

「指導室に行くようなことなんですか？」

「そうだな……まあ、遠回しに聞くようなことでもないか」

なぜか職員室をぐるりと見回してから、担任はそう言って話を続ける。

「お前、１年の小谷野と交際しているというのは本当か？」

「……は？　え？」

まさか沙絢とのことを聞かれるとは思わず、思わず間の抜けた声が出る。

「その様子だと違うみたいだな」

「え、いえ、その……」

ちらりと職員室の外に目を向けると、職員室のドアの窓から、ちょこちょこと顔を出して、こっちを気にしている沙絢の姿が見えた。

「……なるほど。まったく違うわけじゃないのか。ちょうどいい、小谷野もいるなら話を聞かせてもらうか」

「だったら、やっぱり場所を変えたほうがいいですか？」

「いや、お前の態度を見てわかった。話はすぐに終わるだろうし、ここでいい。彼女を呼んで来てもらえるか？」

担任に言われて、俺は廊下に顔を出して、沙絢と共に再び職員室へと戻った。

「あの……お話って、なんでしょうか？」

「小谷野は、こいつと付き合っているのか？」

「……先輩？」

沙絢が俺を軽く睨んでくる。

「あ、いや、その……俺にもよくわからなくて……」

「そういうことを言ってるんじゃありません。わたしに確かめるってことは、先輩も同じことを聞かれたんですよね？」

「え？　うん。聞かれたけど……」

「だったら、どうしてはっきりと言ってくれないんですか？」

「あれ？　どうして沙絢に怒られてるんだ……？」

「先輩がちゃんと話していたら、わたしに同じことを聞いたりしないでしょう？」

「そうか？」

「そうです。それで、先輩はなんて答えたんですか？」

「え？　それ、言わないとだめなのか？」

じっと見つめてくる沙絢にどう答えようかと悩んでいると、我慢できないとばかりに担任が噴き出した。

「ふっ、ははは。杉山は、小谷野に完全に尻に敷かれてるみたいだな」

「先生、俺のことをからかうために呼び出したんですか？」

ついい、恨みがましい目を向けてしまう。

「ああ、いや、違う。お前が小田野の弱みを握って、無理やり付き合わせているという話があってな」

「は……？　俺が沙絢にそんなことできるわけないじゃないですか？」

「するわけじゃなく、できるわけないか……くくっ、まったくその通りみたいだな」

「先生……？」

「それはとってもいい方法ですね。先輩の弱みはたくさん握っていますし、わたしが脅して無理やり既成事実を作っちゃうのもいいかもしれません」

「沙絢、ええと……お手柔らかにしてくれな」

もう十分にそういう事実は積み重なっているような気がするけれど……さすがに職員室でそんなことを言うわけにはいかない。

「わかったわかった。もう十分だ。杉山の性格を考えると、最初からおかしいとは思っていたんだよ。教師としては、一応、確認をする必要があってな。呼びだして悪かった」

「確認って、何かあったんですか？」

「悪いが、それは言えないな。だが、今後はそんな虚偽の訴えがあっても相手をしないから安心していいぞ」

「はあ……よくわかりませんが、わかりました」

狐に化かされたような気分のまま、職員室を後にした。

ただの言いがかりや噂程度のことで、担任がああやって呼び出すとは思えない。

たぶん、無視できないような何か——学校に匿名で通報のようなことがあったんだろう。

最初からおかしいと思っていたと言っていたし、職員室で話をしたのは、他の先生達にも聞かせるためだったんじゃないだろうか？

「それにしても、迷惑な話ですよね」

沙絢はぷりぷりと怒っている。

「うーん……それもそうなんだけれど、俺なんて、いるかいないかもわからないくらい、目立たない人間なんだよな」

「何か特殊な理由がない限り、わたしみたいな美少女が先輩の相手をするはずないってことでしょうか？」

「その通りだけれど……自分で自分のことを美少女って言うか？」

「自分で言わないと、先輩は言ってくれないじゃないですか。それとも、今、ここで言ってくれますか？」

期待に目をキラキラさせて、俺の顔をのぞきこんでくる。

「……そのうちな」

「ふふっ、楽しみにしていますね♪」

こういうやりとり一つとっても、俺が沙絢に勝てるわけもないのだ。

「わたし達の関係が誤解されているのなら、どれほど甘い関係なのかってこと、周りの人達にもっと見せつけましょうか？」

沙絢は腕におっぱいを押しつけるように抱きついてくる。

「ねえ、先輩。さあや、喉がかわいちゃった～♪　何か飲み物がほしいな～」

可愛らしく小首を傾げ、甘い声音で沙絢がねだってくる。

「……最初から沙絢がそんな感じだったら、相手をすることもなかっただろうな」

「あれ？　効果なしですか？　おかしいな。先輩みたいなタイプは、甘えてくる妹っぽいタイプに弱いと思ったんですけれど」

「どんな目で見ているんだよ。系統とかじゃなくて、俺は沙絢だから――」

つい、言葉にしかけて俺は口を噤《つぐ》んだ。だが、すでに手遅れだったようだ。

「わたしだから、なんです？」

楽しげな顔をして、沙絢が追及してくる。

これは、本当のことを言うまで、腕を放すつもりのない顔だ。

「沙絢じゃなかったら、こうして一緒に過ごしたりしていなかったってことだよ」

「んふふ～♪　先輩にとって、わたしは特別な存在ってことですか」

「まあ……そう、なるな」

少しばかり顔が熱い。けれど、嘘いつわりのない気持ちだ。

「でもな。あまりいちゃついているところは、見せないほうがいいんじゃないか？」

「どうしてですか？」

「犯人があいつなら、逆効果だからだよ」

た。

「ああ、そうかもしれませんね」

俺の言いたいことがわかったのか、沙絢が組んでいた腕を放す。

どうして急に離れたんだ？　浮かんだ疑問はすぐに、そして最悪な気分と共に解消された。

「なあ、沙絢。そいつがクソみたいなやつだって、わかったんだろう？」

聞き覚えのある不愉快な声。それだけで予想は確信へと変わった。

「沙絢、これからは俺がこいつみたいなクソ野郎から守ってやるから、安心しろよ」

自分に酔っているんだろうな。

「担任が言っていたぞ？　俺が沙絢を脅しているって、西志村から話を聞いたって」

「は？　俺は、そんなこと言ってねーし！」

「……今ので確定かな？」

「確定ですね」

俺の言葉に沙絢は頷き、深く溜め息をついた。

「は？　なにが確定なんだよ？　いい加減なこと言うんじゃねーよ！」

「わからないみたいだな……まあ、もっとも教えてやる義理もないけど」

「ありもしない話をねつ造して、先生まで利用しようとするだなんて気分が悪いですし、気持ち悪いです」

「な？　ありもしないって、沙絢がこいつに脅されて無理やり付き合わされているから――」

「わたしは、自分の意思で先輩と一緒にいるんです」

西志村の言葉を遮って、きっぱりと沙絢が否定する。

「脅迫とか、無理やりとか、自分がそういうことをするからといって、先輩まで一緒にしないでください」

「は？　俺は脅したりしてねーだろっ⁉」

「大声を出して、相手を自分の思い通りにしようとするのは脅迫と何が違うんですか？」

「……っ」

沙絢の言葉に、反論できなかったのか、西志村が一瞬、息を呑む。だが、それで諦めたりはしないようだ。

「なんで、そんな陰キャの肩を持つんだよっ」

「あなたなんかよりも、ずっと素敵な人だからです。わたしの先輩を悪く言わないでください」

「俺よりもそいつのほうがいいだと……」

「そう言ってるじゃないですか。前にも言いましたよね？　わたし達に、二度と関わらないでください」

いつも楽しげに笑っている沙絢の言葉とは思えないような、辛辣さと冷たさだ。

騒いでいたせいか、放課後にもかかわらず、周りに人も集まっている。

人目を集め、俺を糾弾する。

そう考えていたのならば、途中までは西志村の思惑通りに進んでいたのだろう。

けれど、自分の立場が悪くなると考えなかったのか？

成績はいいかもしれないけれど……頭が悪すぎる。

こんなやつに、バカにされて、下に見られていたと思うと、溜め息も深くなる。

「この人、まだ嘘と妄想を並べ立てて、わたし達を別れさせようとしてますよ？」

沙絢が普段よりも大きめな声を出す。

……なるほど。周りにどちらに非があるのか理解してもらうためか。

俺も彼女に倣って、やや大きめな声で会話に応える。

「そうみたいだな。本当に諦めが悪いな」

「気持ち悪いです。まともな女の子が、こんな人を相手にするわけないって、わからないんですかね」

「わかっていたら、こんなことできないよな」

「逆恨みされて暴力を振るわれたり、ストーカーみたいなことしてきそうで、怖いです」

「たしかに、しそうなタイプだな」

前にも、何かあったら西志村のせいになると牽制したのに、諦めずにこんなことをしてくるくらいだ。

「お、俺がそんなことするわけねーだろっ！　ブスのクセに調子に乗るんじゃねーよっ」

俺だけならばともかく、沙絢に対しての暴言に、カッと頭に血が上った。

「西志む——」

言い返してやろうと口を開きかけたが、沙絢のほうが早かった。

「そのブスにも相手にされないくらい、自分の中身に問題があるって自覚したほうがいいですよ？」

「俺に問題があるだと……？」

無意識にか、それとも怒りからか、西志村が沙絢に手を伸ばす。

俺は沙絢をかばうようにその間に体を入れる。

「またやってんの……？　はあ……。西志村、ふられたのにみっともないわよ？」

いつの間に来ていたのか、安良田さんが西志村に声をかける。

「は？　ふられてなんてねーし」

「いやいや、めちゃくちゃ嫌われてんじゃん。それでふられてないとか、ありえないよねー」

「西志村、それくらいにしとけよ」

騒ぎを聞きつけて集まっていたのか、陽キャグループの他のメンバーも止めに入る。

「……ちっ、後で俺に泣きついても、助けてやらねーからなっ！」

「ありがとうございます。あなたに助けを求めることなんて絶対にありませんから、安心して二度とわたしと先輩に関わらないでください」

西志村の捨て台詞に、沙絢がにっこりと笑顔で答える。

「ごめんね、杉山。今後は、ああいうバカをさせないようにこっちでも見ておくから」

そう言って、この場から逃げるようにいなくなった西志村の後を追って、陽キャブループも立ち去った。


沙絢に手を引かれるようにして、俺は彼女の部屋へと来ていた。

ここへ来る間も、ここへ来てからも、沙絢はなぜかずっと俺に抱きついたままだ。

「あー、もうっ！　もっと色々と言ってやるべきでした！」

沙絢は、珍しいくらいに怒っている。

せっかくの可愛い顔が台無しだ。沙絢は怒っているよりも、笑っているほうがいいと思う……もっとも、そんなことは恥ずかしくて口にできないけど。

「あれだけ言ったら、十分じゃないか？」

「先輩も、もっと怒っていいんですよ？」

「うーん……なんか怒るタイミングを失ったというか……相手をする価値もないやつだったと気づいたというか……」

「だとしても、ありもしないこと言われて、濡れ衣を着せられるところだったんですよ？」

「俺のことは好きに言わせておけばいいよ。まあ……沙絢のことを悪く言われたときは腹が立ったけど。それに、安良田さんが止めにはいってくれたし」

「先輩は、あの人にまだ未練があるんですか？」

「未練もなにも、最初からそんな気は――」

「告白、受けようとしていましたよね？」

「うっ!?」

「あの後も、何度か声をかけられたときに、嫌そうな顔はしてませんでしたよね？」

「たしかにそうだけど、沙絢に対する気持ちとはちが――」

によによと口元を緩めている沙絢の姿に気づいて、俺は唇を引き結んだ。

「先輩、続き。続きはどうしたんですか？」

「言わない」

「ええ～、どうしてですか～？　『俺は沙絢のことを、世界で一番愛している』くらいは言ってもいいんですよ？」

俺もいつまでも、沙絢にからかわれてばかりではないのだ。今日は反撃するネタもある。

「沙絢こそ、そういうこと言ってもいいんじゃないか？」

「ふふっ、愛の言葉を囁いてほしいんですね。だったら言ってくれれば、いくらでも——」

「『わたしの先輩』って言ってたよな？」

西志村に反論するときに、彼女が口にした言葉を、くり返す。

沙絢も覚えていたのか、みるみる顔が赤くなっていく。

「どういう意味か、はっきりと教えてもらいたいなー。ああ、そうだ『わたしは先輩のこと、世界で一番、愛してる』ってセリフでもいいけど」

からかうように沙絢に言うと、じっと俺を見つめてくる。

「本当に言ってもいいんですか？」

「それは……」

答えあぐねていた俺を押し倒し、沙絢が腰の上に跨がる。

「ええと、沙絢？」

「世界で一番、愛してるって、先輩に言ってもらおうかと思って」

本気で抵抗をすれば、ひっくり返すのは難しくはない。けれど、俺はあえて何もせずに沙絢のすることを受け入れた。

「どうやって言わせるつもりなんだ？」

「……言わなくても、わかっているんじゃないですか?」

沙絢は目を閉じると顔を寄せてくる。

「ん、ちゅ、ちゅむ、ちゅ……」

唇が触れると、すぐに舌を差し入れてくる。口内を隅々まで味わうように、舌が這い回る。

「ん、ぴちゅ、ちゅ、ん……」

ぬるぬると舌が這いまわり、とろりとした唾液が流れこんでくる。

「んふふ♪ こうしていると、わたしが先輩のことを襲っているみたいですね」

そんなことを言いながら、ついばむようにキスをしてくる。

「んっ、んっ……この前とは逆に、今日は先輩がだめって言っても続けちゃいますから……んっ、ちゅ……ちゅむ、んふ♪」

キスをしながら、沙絢が俺のシャツのボタンを一つずつ外していく。

露になった俺の胸板を、沙絢の小さく柔らかな手が撫でる。

「んー、硬くてごつごつしてますね♪」

「触っても楽しいものじゃないだろ?」

「わたしは楽しいですよ? あ、でも、そういう言い方をするってことは、先輩はわたしのおっぱいに触ると楽しいんですか?」

「それは……まあ、楽しいし、気持ちいいかな」

「ふふっ、そうなんですね。だったら……触りたいですか？　触らせてあげても、いいんですよ？」

まるで俺に見せつけるかのように、沙絢は着ていたブラウスを脱ぎ、可愛らしいデザインのブラジャーを外す。

ぷるんっと、大きな胸が揺れながら露《あらわ》になった。

薄桜色をした乳首はつんと上向き、おっぱいが描き出す柔らかな曲線は相変わらず魅力的だ。

「くすくす、先輩……そんなに、わたしのおっぱいに触りたいんですか？」

楽しげに目を細めている。

「わたしのおっぱいは、先輩だけのものですから、好きに触っていいんですよ？」

俺の手を取ると、自分の胸へと誘う。

「あんっ♪」

手の平を押し返すような弾力。けれども、少し力を込めると、そのまま指が埋まっていきそうなくらいに柔らかい。

不思議で、魅力的な感触を味わいながら、彼女の胸をゆっくりと撫で、揉みこねる。

ぽよぽよと弾むような手触りを楽しみながら、彼女の胸を弄る。

「んっ、ふあっ、あ、はっ♥ どうですか？ 先輩専用のおっぱいの感触は？」

「楽しくて、触っていると気持ちがいいかな」

「ふふっ♪ わたしも……あっ、んっ♥ 先輩に、触ってもらうと、とっても気持ちいいです……あ、ん♥」

沙絢の言葉を証明するかのように、乳首が硬く尖ってくるのがわかった。

色味を増して桃色に染まった乳首を、手の平でクリクリと擦ると、沙絢は切なげな吐息をこぼす。

「ん、ん……あ、は……先輩は、触って楽しくて、気持ちいいのは……おっぱいだけですか？」

胸を弄っていた手を握ると、今度は自分の股間へと宛がう。

スカートで見えていなかったそこは、パンツ越しでもぐちょぐちょになっているのがわかる。

「ん、あ…………先輩……」

沙絢はスカートを脱ぎ、パンツを下ろして、生まれたままの姿になる。

「わたしのここ、見てください。先輩に触られて、こんなふうになってるんですよ？」

股間から糸を引くように愛液が滴っている。

「触りたいですか？」

「……うん」

沙絢の問いかけに頷き、俺は彼女の股間に触れた。

「んあっ！」

ぶるっと全身を震わせる。

そのまま彼女の秘裂——陰唇を指でくぱっと左右に広げ、露《あらわ》になった敏感な粘膜をゆっくりと撫でていく。

びくっ、びくっと腰が小さく跳ねるたび、吐息が熱を帯び、滲み出てくる淫液の量が増えてくる。

「んっ♥ ふっ、あ、あんっ♥」

甘く喘ぐ沙絢の声が耳に心地いい。

滲み出てくる愛液をおまんこ全体に塗り広げるように、さらに指を動かすと、粘つくような水音がよりいっそう大きくなっていく。

「あっ、あっ♥ んあ……んふっ♥ そんなにされたら……また、前みたいに……わたし、何もできなくなっちゃいます……ん、ふぁっ、あ、んあっ♥」

意識しているのか無意識にか、沙絢は腰をくねらせている。

「それでもいいよ」

沙絢が俺の手で感じている。その姿を見るのは、優越感や達成感に似た思いがある。

だから、さらに彼女を感じさせようと、割れ目から敏感な突起に触れると――

「そこ、触ったらだめ、です」

沙絢が、これ以上の愛撫は不要とばかりに、俺の手首をぎゅっと握ってきた。

「はあ、はあ……もう、いいですから……次は、わたしがしますから」

残念だが、彼女がそう言うのならば諦めるしかない。

置き土産とばかりに、割れ目を押し広げるようにひと撫でする。

「んあっ♥　も、もうっ、終わりって言いましたよね？」

目許を朱に染めながら、沙絢が抗議するように睨んでくる。

「わかった。後は、沙絢に任せるよ」

「ん……は……それじゃ、しますね♪」

竿に手を添えて位置を固定すると、腰の位置を合わせるようにしてくる。

けれど、すぐに挿入をせずに、まるで焦らすようにペニスと秘唇を擦り合わせる。

「はあ、はあ……今から、このおっきくなってるの……先輩のおちんちんが、ここに入るんですよ？」

亀頭と陰唇が擦れ合うたびに、快感が大きくなっていく。

「ふふっ、早く入れたいって、入れてほしいって顔をしてますね……」

たしかに沙絢の言う通りだ。したい。早く、入れたいという思いに支配されていく。

「して、ほしいですか？　セックス、したいですか？　先輩、わたしのおまんこに入れたいって、言ってください」

耳元で艶っぽく囁きながら、さらにチンポを刺激してくる。

「したい……沙絢のおまんこに、入れたいっ」

「ちゃんと言えたので、先輩のおちんちん、わたしのここで気持ちよくしてあげます♪」

そう言いながらも、焦れていたのは沙絢も一緒だったのかもしれない。

「ん……あふっ♥　ん、ん……先輩の、入ってきます……♥」

滲んだ愛液が潤滑油となって、ペニスをゆっくりと飲みこんでいく。

沙絢とセックスをしている。

何度かの経験を経てはいるけれど、それでもまだ夢を見ているみたいな気持ちになる。

「はあ、はあ……ふふっ、先輩のおちんちんで、わたしの中……いっぱいになってます……」

艶やかな笑みを浮かべると、自分の下腹部に手を当ててゆっくりと撫で回す。

「このまま、動きますね……」

俺の返答を待たずに、沙絢が自ら腰を使い始める。

「んっ、ふっ、はあ、はあ……あ、んっ、んあ……♥　先輩、うごいちゃ、だめですからね？　このまま……じっとしていてください」

やや挑発的な眼差しを俺に向けながらそう言うと、自ら腰を使う。

熱く濡れたと亀頭が擦れ合って生まれる痛みにも似た刺激は、すぐに快感へと変わっていく。

「んっ、んっ♥　あ、は……先輩……おちんちん、擦れるの……気持ちい……あ、あっ」

セックスに馴染んできたのか、沙絢はすぐに気持ち良さそうに喘ぎ始めた。

ゆっくりと、小刻みな動きは、だんだんと大胆に激しくなっていく。

「ん……ん、あ、ふ……♥　お腹、全部、擦れて……あっ♥　んああっ♥　あ、ふっ♥」

俺の胸についていた腕では、体を支え切れなくなったのだろうか？　沙絢は俺の首に抱きつくように倒れ込んでくる。

押しつけられ、沙絢の動きに合わせてむにむにと形をかえる乳房の感触が、勃起している乳首が胸板と擦れる感触が、よりいっそうの興奮を誘う。

「ん、はぁっ、ああ……♥　先輩、んっ、わたしのおまんこ、気持ちいいですか？」

俺の顔をのぞきこんで、楽しそうに尋ねてくる。

「ああ……すごく、気持ちいい……」

「そうですか。気持ちいいんですね……んっ、んっ……だったら、もっと、もっと気持ちよくしてあげますね♪」

沙絢は妖艶な笑みを浮かべると、腰を振る動きを速める。

「ん、はぁ、ふぅっ♥　せんぱい、ん、おちんぽ、ガチガチになってる♥　本当に、気持ちいいんですね……あ、あっ、わたしの中で、ん、ヒクヒクしてるの、感じますよ？」

いつものように、からかい口調でそんなことを言いながらも、沙絢は嬉しそうだ。

「ん、すご……先輩のおちんちん、硬くて、ごりごりって……お腹、擦れて……気持ちよすぎですよぉ……んっ、んっ♥」

「沙絢のおまんこだって、うねうね動いて……襞《ひだ》が絡みついてきて……気持ち良すぎて……くっ！　このままだと長く持たないかもっ」

「んふふ♥　もうイっちゃいそうなんですかぁ？　ん、あぁ、後輩おまんこに降参して、んぁ、えっちな白旗、ぴゅーぴゅー吹き出しちゃいます？」

興が乗ってきたのか、いつものようなからかい混じりの口調も滑らかだ。

お尻を前後に揺すりながら、俺を責めてくる。

「んっ♥　んっ、あっ、んあぁぁっ♥　先輩、がまんしなくていいんですよ？　出しちゃいましょう？　んっ♥　んふっ♥」

一方的に責めている。沙絢はきっとそう思っているだろう。

けれど、俺もいいようにされているだけじゃない。

両手を伸ばし、沙絢のふとももに手を這わせる。

「はあ、はあ……先輩……？」

戸惑った顔で俺を見る沙絢の腰に腕を回すと、ぎゅっと強く抱き寄せた。

「ん……あ？　はあ、はあ……先輩……？」

今までは向こうのペースで、やりたいように、しやすいように、されていた。

けれど、今度は俺のほうが責める番だ。

さっきから、沙絢は、自分が感じすぎないようにしているのか、ヘソ裏や、入り口付近、彼女の感じる場所に触れるたびに、微妙に位置を変えていたこともわかっている。

「沙絢、さっきから自分が感じるところには、あまりチンポが当たらないように動いていただろう？」

「え……な、なんで……!?」

軽く息を呑む姿を見るに、やはり図星だったようだ。

「だから、沙絢の好きなところが、たくさん擦れるようにしてあげるよ」

「あ……!?　ま――」

彼女の腰を引き下ろすようにしながら、自分も下から突き上げる。

「んううううっ♥」

背中を弓なりにし、顎をのけぞらせる。

……軽イキしたみたいだな。

自分の快感をコントロールしているつもりだったようだが、俺を責めている間、沙絢も気持ち良くなっていたはず。

しかも、中途半端な刺激が続くような状態で、自らを焦らしているようなものだったのだ。

今の沙絢は、強烈な一突きを受けて昂ぶっているはず。

「この状態で……さらに、こんなふうにしたら、どうなるかな？」

沙絢の腰をしっかりと掴み、半ば強引に円を描くように動かす。

「んあああっ♥　あっ、あーっ♥　ま、まって、先輩……そんな、されらたら……んんんっ♥」

軽イキしていたところに、追い打ちのように、さらに快感を与えられたのだ。

動きを止めようとしているのか、沙絢は太ももで俺の体をぎゅっと挟みこんでくる。

だが、それもまた逆効果だ。沙絢のおまんこはチンポを今まで以上に締めつけてくる。

膣とペニスが生み出す摩擦はより大きくなる。

「んっ♥　んあっ♥　あ、あっ♥　あ、や……んんっ♥　今日こそ……わたしが……先輩を、イかせるつもりだったのにぃ……」

あっという間に攻守が逆転する。

ノックするように、降りてきている子宮口を亀頭が何度も叩き、そのたびに沙絢の腰が小さく跳ねる。

「あっ、あっ、んあっ♥　んっ、んっ、んあっ♥　あ、はっ……はあ、はあ……あっ♥　ああっ♥」

「奥だけじゃなくて、この辺りが擦れるのも気持ちいいんじゃないかな？」

挿入したときに沙絢が自ら撫でていた、ヘソの少し下の辺り。

沙絢のお尻を軽く持ち上げてそこを中心に責めたてていく。

熱く濡れた膣の中、ざらつくようなそこを、カリで引っ掻くように小刻みにペニスを出し入れする。

「あ、そこ……あっ⁉　んんんんんんっ♥　あっ、あっ、ああっ♥　どうして……んあっ♥　わたしのこと、そんなにわかってるんですかぁ……も、いいです……もう、先輩の好きにしていいですから……だから、もっと、もっとしてください……！」

それは、沙絢にとっての敗北宣言のようなものだ。

さっきまでの態度とのギャップに、彼女の可愛らしさに、俺もまた昂ぶっていく。

下から突き上げる動きはよりいっそう激しく、彼女の膣道をカリ首でゴリゴリと擦り、引っ掻いていく。

きゅっと引き締まったお尻を、指が埋まるほど強く掴み、ぐにぐにと揉みしだく。

そうしながら、沙絢のおまんこの奥、子宮をゴツゴツと叩くように刺激する。

「先輩、そこ、いいですっ、そこ、おちんちんでされるの好き、好きぃ……んんんんっ♥」

「そっか。じゃあ、もっと激しくするな」

沙絢が感じている場所を抉るように亀頭を擦りつけていく。

「んあっ♥　ああっ♥　ふあっ、んっ、あ、あ、あっ♥」

沙絢はただ、快感を受け止めるだけだ。俺の動きに合わせて腰をくねらせ、甘く喘いでいる。

そして、限界も近づいてきたのだろう。

「あ、あっ、い、いくっ……いきますっ。んんんんっ！」

高く上がった腰を、打ちつけるように下ろす。

亀頭が子宮に触れ、押し上げていく。閉じている入り口を無理やり開くほど深く、強く繋がった瞬間——。

「沙絢、くぅう……!!」

びゅるっびゅるっと精液が沙絢の体の奥、子宮を満たしていく。

「ふあああああああああああああああああああっ!!」

蕩けた顔をした沙絢が、甘く長い絶頂の声をあげる。

「んあっ、あ、ああ……んっ♥　せんぱ……あついの、お腹、びゅるびゅるって出てます……♥　あ、んっ♥　あ、ふあああぁ……♥」

絶頂の余韻が拡がっているのか、ときおり、腰をびくっ、びくっと震わせている。

「あ、は…………はぁ、はぁ……ん、はぁぁ……」

細い肩を上下させていた沙絢は、力尽きたように脱力すると、俺の胸に倒れこんでくる。頬を押しつけるようにして抱きつき、気持ち良さそうに目を閉じた。


「先輩……エッチが上手になるの、早すぎませんか？」

「え……？」

思ってもみなかったことを言われて、俺はぽかんと口を開いた。

「ありえないと思いますけれど、まさかの可能性ですけれど、他の子と……エッチなこと、してないですよね？」

「あのな……クラスの女子は、俺のことなんて気にもしていないぞ？　もし、そんなの子がいたとしても、沙絢といつも一緒にいるんだから、そんな暇ないだろ？」

「それは……そうですね」

「それに、俺は女の子にモテないよ」

「あ、そうでした。たしかにモテませんね」

「自分で言ったことだけれど、あっさり肯定されるのも、なかなかクるものがあるな」

「大丈夫ですよ。わたしが、これからも楽しく遊んで……いえ、先輩のことを、もっとからかって……じゃなくて、ずっと一緒にいてあげますから♪」

「本音がところどころに漏れてるぞっ⁉」

「あれ？　バレちゃいました？」

「まあ、何にしろ、余計な心配はいらないって。沙絢みたいな物好きなんて、他にいないし」

「ほら、蓼《たで》食《く》う虫《むし》も好き好きっていうじゃないですか。珍味を味わいたいという奇特な人とか」

「言ってること全部、自分に返っていくってわかっているか？」

「わたしは、ほら、ボランティアみたいなものですから」

「ボランティアなのか」

「モテない先輩が、一生独り身で寂しく過ごすことがないように、ですよ？　優しい後輩に感謝してくださいい♪」

こんなふうに軽口めいたやり取りも、だいぶ慣れてきた。

けれど……どうして、沙絢は俺とこんなことまでしてくれるんだろうか？

世界で一番愛している、と言わせてみせます……だなんて言ったけれど、それは俺に好意を抱き、俺からの好意を求めているからってことなんだよな？

俺はまだ、その問いかけは口にはできなかった。

第三章　後輩少女の秘密

登校して、教室へと向かう道すがら、以前よりも俺を見ている人間が増えたような気がする。

先生に呼び出されてから数日。その程度の時間では、俺が沙絢を脅迫して、無理やり付き合わせているという噂が消えていたりはしないようだ。

とはいえ、噂には尾ひれが付きやすい。俺と彼女の噂もかなり変質してきているようだ。

今の主流は、俺と沙絢は幼馴染みであり、昔からこっそりと付き合っていた、というやつだ。

冴えない男であっても……いや、冴えないからこそ、沙絢のような美少女と付き合う相手には、積み重ねた時間や、距離の近い関係なんかがなければ納得できないのかもしれない。

彼女とは同じ学校の出身だし、俺はあまり覚えていなかったが、以前から知り合いであったのは事実だ。

そういう意味では、少しは事実に近づいていると言えなくもないけれど……。

「まだ、付き合っているわけじゃないんだよな」

「そうですね。わたしと先輩は、まだ付き合ってはいませんね」

内心をぽろりと吐露すると、後ろから呆れ混じりの彼女の声がした。

「おはよう、沙絢」

「おはようございます、先輩♪」

「それで、噂のことですけれど……どうします？」

「放っておけば、そのうち収まるんじゃないか？」

「まあ……そうするしかないですよね」

沙絢が軽く溜め息をつく。

「今回は、犯罪っぽい話だから盛り上がったのかもしれないけど、他人の恋路に興味なんてあるものか？」

「他人の恋路だからですよ。無責任に楽しめるじゃないですか」

「なるほど、そういう考えもあるのか」

もっとも大きな理由は、学年——いや、学校でも最も可愛いと言われているらしい、沙絢が相手だからだろうけれど。

「えーと……ごめんな」

「どうして先輩が謝るんですか？」

「いや、ほら、俺と、しかも変な噂が立っただろ？　それで、沙絢にも迷惑がかかってるし」

「たしかに、先輩とわたしじゃ不釣り合いだとか、月とすっぽんだとか言ってくる人もいます」

「やっぱりいるのかよ……」

「だからといって、わたしの気持ちを、先輩が勝手に決めつけないでください」

「あ、ああ……それも、ごめん」

重ねて謝ると、沙絢がにっこりと微笑う。

「……ということで、噂が嘘だと証明するためにも、積極的に、もっと大胆に、わたしたちの関係を見せつけていきましょう！」

沙絢の言う『わたし達の関係』がはっきりしていないからこそ、悩んでいたというのに……。

「どうして、そういう結論になるんだ？」

「あの、気持ちの悪い先輩に、何をしても無駄だと思い知らせることができます」

西志村は、陽キャグループの他の面々——主に安良田さんが抑え込んでくれてはいるけれど……。

「西志村、まだ沙絢のことを諦めた感じはないしな」

そう言うと、沙絢が嫌そうな顔をする。

「ええと、他には……先輩に偽告白をしてくるような相手もいなくなりますよ？」

「さすがに懲りたよ。今後、もしも他の女子からの呼び出しがあったとしても、応えるつもりもないし」

「つまり、わたし以外の女の子と付き合う気はないということですね？」

「そういうことに、なるのか？」

「そういうことになりますよ？」

なんか告白したみたいな感じになったけれど、沙絢は気にしていないようだ。

「今後の方針も決まりましたし、さっそくデートをしましょう！」

「へ？　なんで、デートなんて話になるんだ？」

「先輩のことですから、日曜日は暇を持て余しているでしょう？　独り寂しく過ごさないでいいように、わたしが付き合ってあげます♪」

「さっき、決めつけるのは良くないって言わなかったか？」

「あれは、わたしの気持ちを先輩が勝手に決めたからです。わたしの言ったほうは、事実の指摘です」

「まあ……たしかに事実だな」

「だったら日曜日は暇で、わたしとデートをしたいってことですよね？」

「え？　あれ……？」

「先輩がそんなにわたしと一緒にいたいと思っているのなら、しかたありません。わかりました」

「え？　あ、ああ……あれ？　俺がデートをしたいって言いだしたみたいになっていないか？」

「そんなことありませんよ？」

「そうか……？」

「はい♪　先輩の望み通りデートをしてあげます。わたしに感謝してくれてもいいんですよ？」

「アリガトウゴザイマス」

「日曜日、楽しみにしていますね♪」

振り回されているのはわかっているが、彼女の見せる笑顔に嘘がないとわかってしまう。

もしかして、沙絢と付き合ったら、一生、こんな感じなんだろうか？

……そうなったとしても嫌ではないな、なんて思っている時点で、手遅れのような気がするけれど。

「あ、デートなんですけれど、先輩はどこか行きたいところあります？　何かしたいことでもいいですよ？」

「特にないな」

「でしたら、わたしの行きたいところでもいいですか？」

「そうだな。俺に上手くエスコートできるとは思えないし、沙絢に任せるよ」

「わかりました。わたしに任せてください。先輩にも喜んでもらえるとこにしますから♪」

満面の笑みを浮かべている。彼女が楽しそうなのはいいのだけれど、なんだか少し嫌な予感がするのはどうしてだろう？


沙絢と約束をした日曜日。

俺は時間よりも少し……いや、かなり早く待ち合わせ場所へと着いていた。

「あれ？　先輩、ずいぶん早いんですね」

後ろから聞き慣れた声をかけられて振り返った。

「沙絢こそ、早い――あ」

彼女の姿を見て、俺は言葉を失った。

「もしかして、わたしに見惚れちゃったんですか？　先輩、だったら褒めてもいいですよ？」

冗談めかしているけれど、沙絢は期待するようにちらちらと俺を見ている。

ここで素直に褒めるのは、負けたような気がするけれど……。

「……か、可愛いな」

「え……？」

どうにかしぼり出した言葉に、沙絢が目を丸くする。

「先輩、よく聞こえなかったので、もう一度、言ってください」

からかっているのかと思ったら、そうではなかった。沙絢は期待に目を輝かせて、俺を見つめている。

「一度で十分だろう？」

「その一度が、ちゃんと聞こえなかったから、お願いしてるんじゃないですかー」

「………可愛いって言ったんだよ」

「ふふっ、ありがとうございます。がんばっておしゃれしてきてよかったです♪」

沙絢は自然と腕を組み、引っぱるように歩き出す。

「天気が良くてよかったですね。あ、でも悪かったら相合い傘ができたかも？」

「途中で降ってきたのならともかく、ふたりとも用意していたら、そうはならないんじゃないか？」

「それじゃデートっぽくないじゃないですか」

他愛のない話をしながら沙絢と並んで歩いていると、周りから見られているのを感じる。

もちろん、視線の向かう先は俺じゃない。沙絢だ。

男ならば、つい視線を奪われるような美少女と腕を組んで歩いている。自分の何かが変わったわけじゃないが、誇らしいような気持ちになるな。

……とはいえ、俺は沙絢と釣り合いが取れているような男なのか？　と自問をすれば否定の言葉しか出てこないけど。

「それで、今日は行きたい場所があるんだっけ？　どこなんだ？」

「いいところですよ～。きっと先輩も楽しめるはずです♪」


沙絢に腕を引かれるようにして辿り着いたのは、ショッピングモールの中にある、ファッション関連の店が集まっているフロアだった。

普段から見た目に無頓着な自分にとってはアウェイともいえる空間だが、そこまではまだよかった。我慢もできた。

けれど……。

「なあ、沙絢。俺と一緒に来たかった場所ってここなのか？」

「はい♪」

「俺の勘違いでなければ、ここは女性向けの下着売り場だよな」

「言い方が古くさいですけれど、そうですね」

「なんでここに？」

「わたしの下着を先輩に選んでもらうためですよ？」

「やっぱり俺は、どこか他の場所で時間を潰しているから——」

「だめです♪」

逃げ出そうとした俺の服をぎゅっと握って、沙絢がにっこりと笑う。

「下着を一緒に買うとか、俺にはハードルが高すぎるって」

「彼氏と一緒に来る子も多いんですから、気にしすぎですよ」

「だとしても……」

周りの視線が気になる。自意識過剰だと言われればそうかもしれないけれど……なんだか、生温かい目を向けられているような気がする。

「もう、しかたないですね。だったら……奥の更衣室ならどうですか？　あそこなら、わたしの着替える姿を見ながらじっくり、ゆっくり選ぶこともできますし」

店の中でも、目立たない場所に設置された試着室を指差す。

「……わかった。それなら、なんとかなりそうだ。でも……本当に、俺が選ばないとだめなのか？」

「そのために一緒に来てもらったんですから、当然です。それに——先輩が選んでくれたら、わたし、どんな下着でも着ますよ？」

軽く背伸びをすると、耳元に口を寄せて囁いてくる。

吐息がくすぐったく、そして彼女の言葉の意味が浸透していくにつれ、顔が熱くなっていくのがわかる。

今までは、可愛い系が多かった。けれど、沙絢の容姿とスタイルなら、少し大人っぽいのも似合いそうだ。

そんなことを考え、少し大胆なデザインの下着姿の沙絢をつい想像してしまった。

「ふふっ、嫌じゃないみたいですね♪」

さっそくとばかりに、沙絢はいくつかの棚から下着を選んで持ってくる。

「先輩、こっちのパステル系と、こっちのちょっと色の濃いの、どっちのほうがいいと思います？」

右手と左手にそれぞれ持った下着を、交互に俺に見せてくる。

「えと…………沙絢なら、そっちの淡い色のほうじゃないか？」

「んー、でもこれだと今までとあまり変わりありませんよね？」

「そ、そうか？」

「そうかって……先輩、わたしの下着を色々と見てるじゃないですか」

「そういう答えにくいことを言わないでほしいんだけど……」

「でも、本当のことですよね？」

「それは、そうだけど……」

「でしたら、聞き方を変えますね。先輩は、わたしにどっちの下着を着せたいですか？」

くすりと笑うと、再び聞いてくる。

「今までの先輩の反応からすると……下着の色は、少し濃い目のほうが好みなんじゃないですか？　なので、こっちのほうがいいと思ってませんか？」

「どちらでもいいっていうのはダメか？」

「だめです♪」

「じゃあ、右のほうで」

「濃い色のほうですね♪」

「……そっちを選ぶように誘導されたような気がするけれど」

「次は、先輩の好みのデザインを選んでもらいますね」

俺のつっこみは華麗にスルーされた。

「こっちの可愛い感じのと、こっちのちょっとセクシーなのだと、どっちがわたしに似合うと思います？」

「どっちも似合うと思うけど」

「さっきも言いましたけど、どっちもはダメです♪　どっちがいいですか？」

「そう言われても……」

「聞き方が悪かったみたいですね。どっちの下着姿のほうが興奮します？」

「そっちのほうが聞き方が悪くないかっ⁉」

「だったら、可愛いけど透けているのと、布面積が少なくてセクシーなの、どちらを着ているわたしとエッチしたいですか？」

「なんか、だんだん答え難くなっていないか？」

「そうですか？」

これって、俺の性癖を正直に口にしろと言われているのと変わらないよな？

「あ、もしかして……このお店では売っていませんけれど、穴が空いてるのとか、紐みたいなのとか、そういうほうがいいですか？」

沙絢が紐のような穴の空いたエッチな下着を身につけている姿を想像してしまう。

そうなれば、当然のように股間が硬くなってしまう。

俺はさりげなく股間を隠し、沙絢を止める。そうしないと、彼女は本気でどこかで手に入れてきそうな気がしたからだ。

「どっちも、だめだ。下着を買うのなら、このお店にあるやつにしよう」

「わかりました。じゃあ、これのどちらにするかは、決めてもらえますよね？」

綺麗に逃げ道をふさがれた形となった俺は、沙絢が手に持つ下着を交互に見つめる。

「……そんなに悩むくらい、決められないんですか？」

「そりゃ、簡単じゃないだろ？」

「んー、たしかに先輩に下着だけ見せて選べというのは、難しいかもしれませんね」

「そうそう。だから――」

「実際に着ている姿を見れば、決められますよね？」

「え……？」

ぐっと手を握られたかと思うと、俺は試着室へと連れこまれていた。

「さ、沙絢、これはまずいって」

「先輩……さっきからそわそわしすぎですよ。それとも、顔だけ更衣室に突っ込んだ格好になるほうがいいですか？」

「なんか、そっちのほうが恥ずかしいかも……」

「だったら、諦めてこのまま一緒に更衣室の中で選んでくださいね♪」

そう言うと、沙絢は服を脱いでいく。

目の前で素肌を晒していく彼女の姿に、俺は今までよりもさらに顔が熱くなってくるのを感じる。

「先輩……もしかして、わたしが今、着ているほうがいいんですか？」

完全に下着姿となった沙絢が近づいてくる。

身を引こうとしたが、狭い試着室だ。俺はすぐに壁際へと追い込まれてしまう。

「さっきから、ずっと……ここ、おっきくしてましたよね？」

沙絢はズボンの上から俺の股間に触る。

「う……」

「こんなふうにしたまま、お店にいると……ヘンタイさんみたいですよ？」

くすくすと笑いながら、さらに手を擦りつけてくる。

それでなくとも大きくなっていた股間を刺激され、さらに硬く張り詰めていく。

「さ、沙絢……さすがに、こんなところでなんて……」

戸惑っている俺に構わず、沙絢は器用にベルトを緩め、ファスナーを下ろすとペニスを取り出した。

「先輩のここは、続けてほしいって言ってるみたいですよ？」

痛いくらいに勃起しているペニスを掴み、ゆっくりと扱いてくる。

「く……！　見つかったら言い訳できないぞ？」

「そうですね。だから……周りに気づかれないように、声を我慢してください♪」

顔を寄せて耳元で囁くと、手の動きを速める。

細い指が竿を擦り、カリ首を刺激し、亀頭を擦る。

ほとんど壁に押しつけられているような状態では、腰を引くこともできない。

「声を我慢しろって……こんなことしなければいいだけじゃ……」

「だったら、今すぐやめたほうがいいですか？」

沙絢はさらに体を寄せてくると、上目遣いに俺に尋ねてくる。

そうしている間も、沙絢の手の動きは止まらない……いや、より激しくなっていく。

「それは……くっ」

俺の言葉を封じるように、刺激が強まった。

指の腹を使って亀頭を撫でられ、これまわされるたびに、ペニスが熱を帯びていくのがわかる。

鈴口からカウパーが滲み、沙絢の手を濡らしていく。

「先輩のエッチなおつゆ、溢れてきていますよ？　気持ちいいんですよね？」

「はあ、はあ……う、あ……気持ちいい……」

「このまま、続けてもいいですよね？」

もう、沙絢の言葉に逆らうことはできなくなっていた。俺は、無言のまま頷いた。

「ふふっ、よかった。ここでやめるなんて言われたら、どうしようかと思ってました」

艶っぽい笑みを浮かべ、沙絢は俺に見せつけるように、沙絢が穿いていたパンツを途中まで引き下ろすした。

「先輩……見てください。私のここも、こんなになっていたんですよ？」

目を向けると、脱ぎかけのパンツの股間部分が濡れて色が濃く変わっているのがわかった。

「見るだけじゃなく……こうしたら、もっとはっきりとわかりますよね？」

そう言うと、沙絢は俺のペニスを自分の太ももの間に挟みこんだ。

くちゅっと粘つくような水音。そして、触れた秘所が熱く濡れているのを感じた。

「んふふ♪　これで……わたしも、先輩と同じようにエッチな気分になっているって、わかってもらえましたか？」

「それは……わかったけど、でも……」

「だめですよ、もっと声を抑えてください」

そう言いながらも、沙絢は腰をゆっくりと前後し始めた。

「あはっ♥　先輩のおちんぽ、すごく熱いです……ん、それにとても硬くて、ほら、ぎゅー♥」

太ももで締めつけられて、ペニスを挟む圧力が増す。粘膜同士が擦れる刺激が強まり、甘い快感が生まれる。

「う、沙絢……」

「先輩……周りに女の子がたくさんいるランジェリーショップの更衣室の中で、こんなガチガチのおちんちん出しちゃうなんて、先輩はへんたいですね♥」

わざと意識させて焚きつけてくる沙絢に、俺は翻弄されっぱなしだった。

「わたしの腿に挟まれたおちんちん、気持ちいいですか？　ん、ふぅっ……」

沙絢はそう言いながら、さらに大胆に腰を前後させる。

肉竿は彼女の内腿に挟み込まれ、甘やかな刺激に包まれていた。

「はあ、はあ……んっ、んっ……あっ♥　んっ♥　先輩、気持ちいいですか？　んっ♥　あ、ふ……♥」

狭い試着室の中。密着した状態で、彼女の声が耳元で響く。

こんな場所で、こんな状況で、先走りに塗れた肉竿を扱かれて、興奮している。

けれども、それは沙絢も同じかもしれない。

明らかに先走りだけでは足りないくらいに、触れ合っている部分が濡れている。

「ねえ、先輩……わたしの……ここ……今、どうなってるのか、わかりますよね？」

「……うん。沙絢のおまんこ、すごく熱くて……濡れてる……」

「んっ、んっ♥　あ、は……先輩のおちんちんも、すごく熱くて……んっ♥　擦れると、気持ちい……あ、あんっ♥　あっ♥　は……んんっ♥」

頬を上気させ、目をうっとりと細めて、沙絢が俺を見つめてくる。

「沙絢、これ以上は……本当に、まずいって」

声でも、物音でも、そして……匂いでも、周りに気づかれてしまう可能性がある。

「そうですね。店員さんが様子を見に来るかもしれませんね」

「だったら……」

「だめ、です。先輩が、射精をするまで止めませんから♪」

俺の胸に自分の胸を押しつけ、首に腕を回して抱きついてくる。

ほとんど密着している状態のまま、沙絢は腰だけを動かし続けている。

「んっ♥　ふっ♥　あ、は……はあっ、はあっ、あ、ふ……あ、んっ♥　はあ、はあ……」

周りに気づかれないように喘ぎ声を我慢しているのだろう。沙絢の口からは、熱い吐息がこぼれる。

しかし、吐息は艶を含み、混じった甘い響きは少しずつ大きくなっていく。

「はあ、はあ……んっ♥　あそこ、擦れるたび、ぬちゅぬちゅって、エッチな音……しちゃってます……んっ♥」

陰唇が充血し、亀頭が前後するたびに左右に押し広げられる。

それが気持ちいいのか、さらに割れ目をペニスに押しつけるようにお尻を前後に動かす。

だが、その動きが、だんだんと鈍く、ゆっくりになっていく。焦らされているのかと思ったのだけれど……。

「んっ、あっ、あっ、先輩……ん、あっ♥　気持ち、よくて……力、入らなくなって……

んんっ」

……そういうことか。

俺か沙絢、どちらかが達するまでするにしても、時間がかかりすぎる。

「こうするほうが、気持ちいいんじゃないか？」

擦りつける角度を少し変えて、割れ目を押し広げるような動きから、クリトリスに当たるようにする。

「ん、あっ♥ ん……気持ちい……ですけど……んっ♥ 声、出ちゃいます……」

「少しの間だけだから、我慢してくれ」

そう応えながら、俺はさらに腰を使う。

硬くなっている突起の感触を上下に転がすように刺激し、ぷっくりとした陰唇を擦りあげる。

「ふああっ♥ んっ、だめ、です……そんなにされたら、声……出ちゃいますから……あ、あ、あ、あっ♥」

刺激から逃れようとしているのか、沙絢が腰を引く。

それを許さず、俺は沙絢のお尻に手を回すと、彼女とよりいっそう腰を密着させる。

ペニスが行き来するたびに、びくっびくっと腰が跳ねる。

「んっ、ふっ♥ あ、あっ♥ んああっ！」

抑え切れないように甘い声を上げる。

さすがに周りに気づかれてしまう。そう考えて、俺は彼女の口をふさぐようにキスをする。

「んんっ⁉ はむ、ちゅ……んっ、んっ♥ へんぱい……んっ♥ ちゅむっ♥ ちゅ♥」

舌を絡め合い、お互いに腰を使う。

いつ、誰が来るかわからない場所で、こんなことをしているのだという背徳感に似た感情が興奮を誘う。

「ん、ちゅむ、ちゅ……んうっ♥ んっ♥ んううっ♥ ん、ぷあっ、あ、あっ♥ 先輩……わたし、もう……ん、ちゅっ」

キスの合間に、沙絢が限界が近いことを訴えてくる。

感じて、体に力が入らないのか。首に回された腕は今にもほどけそうで、膝が震えて自分の体を支えているのも辛そうだ。

「んあっ……あ、ふあぁっ♥ はあっ、はあっ、んあっ♥ あ、んっ、先輩……先輩の、おちんちんも、びくびくしてます……出そうなんですか？」

柔らかく引き締まった太ももにチンポを挟み、腰を前後に揺する。

すべらかな肌と擦れ、強まっていく刺激と快感に、自然と腰が動いてしまう。

「う……沙絢、俺も……もう、出るっ！」

「はっ、はっ……出して、ください……先輩の全部、わたしが受け止めますから……出して、出して……」

熱く息を乱し、沙絢は足を震わせながら腰を前後させる。

「くうっ！　沙絢……！」

小声で訴えるが、彼女は俺の言葉を聞き入れない。それどころか、よりいっそう太ももを締めて動きを速めていく。

にちゅにちゅにちゅっ。粘つく水音と共に、快感が全身を駆けめぐる。

「あっ、う……あ、あぁ……！」

だめだ。だめだ。だめだ。こんなところで出すわけにはいかない！

そう思っても、もう自分の体なのに自分のものじゃないように、膝がガクガクと震え、腰が勝手に動き、跳ねる。

我慢して、我慢して、それでも迎えた限界。

「沙絢……‼」

俺にできたのは、唇を引き結び、声を必死に耐えることだけだった。

びゅくっ、びゅるるうっ、どぴゅっ、ぴゅぐううっ‼

射精した瞬間、目の前が――世界が白く染まった。

「んんんんっ♥」

自分の口に手を当てて声を抑えていた沙絢が、胸を張り、顎をのけぞらせるようにして、全身を震わせる。

「ふっ、ふっ、ふぅっ、ふうっ」

太ももの締めつけが緩み、ペニスが上下に跳ねながら、二度、三度と精液を迸らせる。

「んっ、あ……先輩、すごいです……こんなにたくさん、出てる……」

太ももや股間だけでなく、チンポに添えた手で精液を受け止めていく。

俺の放出が終わるまで、沙絢はしっかりとペニスを太ももで挟みこんだままだった。

「はあ、はあ……わたしも、イッちゃいました……」

沙絢が恍惚と呟いた。


「……ちょっとやりすぎちゃいましたね♪」

ぺろりと可愛らしく舌を出す。

「ちょっとじゃないだろ」

途中からは俺もその気になったいたけれど、あれは危なかった。

「もし、店員さんか他のお客さんに見つかったら、こんなふうに笑っていられなかったぞ?」

「そうですね。見つからずに済んで、良かったです♪　それに、目的の下着もちゃんと買うことができましたし」

結局、沙絢が更衣室に持ち込んだ下着は両方とも購入した。

もちろん、俺も下着の代金の一部を支払った。

「……女の子の下着って高いんだな」

「両方とも買わなくても、大丈夫だったと思いますよ？」

「サイズもぴったりだったろ？　それに、あんなことをした後、元の場所に戻すのもちょっと……」

「あはは……」

同じように思ったのか、沙絢も明後日の方向へと視線を向けて、力なく苦笑する。

会計をするときの店員の態度……考えすぎのような気がするけれど、俺達がしていたことになんとなく気づいていたんじゃないだろうか？

「でも、これで先輩好みの下着を買えましたし、次にエッチをするときを楽しみにしていてくださいね♪」

そんなやり取りをしながら、沙絢の好きそうな店を見て歩く。

「買い物しただけなのに疲れたな……」

「エッチもしましたからねー。軽くお茶にでもしますか？」

人通りも多く、周りが騒がしいからか、沙絢の距離がいつもより近いような気がする。

それでなくとも今日の沙絢は可愛いのだ。間近に彼女を感じて、ドキッとしてしまう。

「そ、そうだな。そうしようか」

「でしたら、この近くに気になっているお店が——」

「あれ？　さーや？」

「あ、本当だ。沙絢ちゃんだ～」

親しげに声をかけてきたのは、なかなか可愛らしい子と、凛としたタイプのふたり組の女の子だった。

「ねえ、ねえ、沙絢ちゃん。その人が？」

はにかむような笑みを浮かべると、こくんと頷いた。

あれ？　なんだかいつもと態度が違う……？

「うん、そうなの。この人が、わたしの恋人の杉山和也せんぱい♪」

俺に腕に抱きつき、笑顔でそう言う。

「良かったね、さーや。昔からずっと——」

「わ、わあっ⁉」

何かを言いかけていた背の高いほうの子の口をふさぐように、沙絢が手を伸ばす。

「おっと、内緒だったのかな？　ごめんごめん」

ずいぶんと仲が良いようだ。それに、俺が沙絢の彼氏だと紹介されても、それを当たり前のように受け入れている。

沙絢に釣り合わないとか、もっと良い相手がいるとか言われると思っていたのだけれど……。

「もしかして、ふたりとも昔から仲がいいのかな？」

「はい、そうですよ～。先輩、覚えてないみたいですけど、わたしも沙絢ちゃんも、同じ学校出身ですよ～？」

おっとりとした口調で抗議をしてくる。

沙絢と初めて会ったときと同じで、正直に言えば、まったく見覚えがない。

「え……？　あ、ごめん」

「沙絢ちゃんが幸せそうだから、いいですけど～」

「ははっ、先輩をあまりイジメたら、あとでさーやに怒られるよ？」

「ふたりとも何を言ってるのっ。わたし、そんなことしないしっ」

「そう？　だったらいいけどね」

凛とした子が優しい目を沙絢に向ける。

「あ、念のために言っておきますけれど、私は出身校は別ですから。ただ、さーやに事情は聞いていたので」

「事情……？」

「先輩は気にしなくていいことですからっ」

「ごめんごめん」

俺とふたりのときは、沙絢のほうが主導権を握っている感じだけれど、友達相手だとまた違うようだ。

慌てたり、からかわれて拗ねたりと、くるくると変わる表情も可愛らしい。

「先輩、ちょっとだけ待っていてください！」

そう言うと、ふたりの腕をとって引っぱるように少し離れる。

沙絢は友人達と内緒話をするように顔を寄せて話をしていたが、すぐに手を振って別れた。

「お待たせしました、先輩」

「もういいのか？　もしも一緒に遊びたいなら――」

「だめです」

思ったよりきっぱりと、沙絢が否定する。

「わたし達はデート中なんですよ？　それとも、先輩はたくさんの女の子を侍《はべ》らせたいんですか？」

ジトっとした目で軽く睨んでくる。

「それは無理。俺が複数の女の子を相手できると思う？」

「そうですね……先輩は、そういうふうに立ち回ったりはできないでしょうね」

「わかってもらえたようで、何よりだ」

沙絢とこうして話をすることができるのだって、彼女がぐいぐいと押してきてくれるからだしな。

「つまり先輩が相手をしたい女の子は、わたしだけだってことですね♪」

「どうしてそうなるかはわからないけど……沙絢とは一緒にいても楽しいよ」

「……そういうこと、素で言うのはずるいです」

ぽそりと何かを呟くと、ほんのりと頬を染める。

「なにか変なこと言ったかな？」

「変なことじゃないですから、気にしないでください。あそこにあるカフェでいいですよね？」

沙絢に腕を引かれるように、店へと向かった。

雰囲気のいい店で休憩とおしゃべりを楽しんだ後は、他のフロアにある文具屋や本屋などを見て回った。

そうやってデートをしている最中、さっきとは違う沙絢の友達やクラスメイト、あとは俺達、どちらともあまり親しくはないけれど、学校で見かけたことのある人間ともすれ違った。

「……意外と学校のやつらが来るんだな」

「この辺りで遊ぶなら、あまり選択肢もありませんしね。でもこれで、わたしと先輩が付き合っているっていう噂が広がるはずです」

「まさか、本当に俺達のことを他人に見せつけるのが目的だったのか……？」

「そう言ったじゃないですか。あ、もしかして疑っていたんですか？　普通にデートじゃなかったことが、残念なんですね？」

「え？　どうして？」

「だって、わたしが、先輩とデートをしたいだけだと思っていたんでしょう？」

にやにやと笑いながら、聞いてくる。

「ああ……うん、そう思ってた」

「だったら安心してください。先輩とデートしたいっていう気持ちも本当ですから♪」

ことさら周りに見せつけるかのように、沙絢は俺の腕にぎゅっと抱きついてくる。

「……うわー、ないわー」

聞きたくない声が聞こえてきた。

視線を向けると、西志村の姿があった。

いつもつるんでいる陽キャグループの姿がないようだけど……別行動なのか？

「先輩、行きましょう」

「そうだな」

俺達は西志村を無視して、踵《きびす》を返す。

「お、おい、無視すんなよっ」

自分が相手されないなんて思ってもいなかったのか、声をやや荒げて引き留めてくる。

だが、俺達は相手にせず、モールの出口へと向かう。

「待てって言ってんだろっ！」

駆け足で俺達の前に回り込んで来ると、どろりとした暗い目を向けてくる。

……なんかまずい感じがする。

「はあ……俺達に関わらないでくれと言ったはずだが？」

「なあ、沙絢。どうしてそんな陰キャ野郎なんだ？　俺のほうがぜってー、お前に相応しいって」

当てこすりか、報復か、西志村は俺の言葉を無視して沙絢に尋ねた。

「話しかけないでください。迷惑です」

「俺が優しくしているからって、つけあがりやがって……」

「優しくって、そんなことまったくないだろ？　わがままを口にして、通用しなかったら八つ当たりをしているだけで――」

「てめえは黙ってろっ!!」

周りを歩いている人達が立ち止まり、こちらに注目するほどの大きな声だ。

本気でなりふり構っていない感じだな。

「なんで黙る必要があるんだ？　何度も言わせるな。俺達に関わってくるなと言っているだろう」

「邪魔なのはクソ陰キャ、てめぇのほうだろうが！　見た目も、中身も、何もかも沙絢に不釣り合いなんだよ、消えろや！」

不釣り合いと言われて、一瞬、言葉を失った。

俺の反応を見てか、西志村が口の端を歪めるように嘲笑う。

「沙絢、そんなやつといないで、こっちに来いっ。そんなやつと一緒にいると自分の価値が下がるぞ？」

沙絢に手を伸ばしてくる。

「西志村！　いい加減にしなさいよっ！」

息を弾ませながら、安良田さんがやってくる。

「今、このクソ陰キャやろうに自分の立場をわからせてやろうと――」

「こんな騒ぎ起こして……お前が、自分の立場を分かれっての！」

西志村の言葉を遮ると、安良田さんが珍しいくらいに強い口調でそう言った。

「は？　あ？」

相手が安良田さんだと、強く出られないのか、それでも西志村は不機嫌そうに顔を歪めて彼女を睨みつける。

「それくらいにしろよ、西志村」

安良田さんを追いかけてきたのか、陽キャグループのひとりが西志村の腕を掴んだ。それだけで西志村は動けないようだ。

俺の力じゃびくともしなかった西志村を、こんなにもあっさりと……鍛え方が違うのか？

「は、離せよっ。俺はそこのクソ陰キャに――」

「西志村、いい加減にしろ」

はっきりと怒気の滲む低い声。

とにかく今は、沙絢の安全の確保が先か。

「安良田さん、悪いけど……」

「こっちこそ、ごめん。後はどうにかしとくから」

彼女達に後を任せ、俺達はその場を後にした。

大丈夫だと思うけれど、西志村にまた合わないように、人の少ないほうへと向かって歩き続ける。

「せ、せんぱい、もう大丈夫ですよっ」

「あ……」

沙絢に声をかけられて、やっと少し落ちついた。

「ええと、その……ごめん」

「謝ることなんてありません。わたしのために怒ってくれたんですよね。ありがとうございます」

俺がさっきのことを口にする前に、沙絢がそう言ってくれる。

「かえって迷惑をかけたかもしれない」

「先輩になら、いくら迷惑をかけられてもかまいませんよ？」

少しばかり冗談っぽく言う沙絢の言葉に、俺は何も言うことができなかった。

「それに、あんな人の言うこと気にしなくていいです。相応しいとか、相応しくないとか、そんなのは――」

「西志村の言葉だけじゃないんだ」

「先輩……？」

「……今日、待ち合わせ場所で沙絢と初めて見て、本当に可愛いと思った」

「え？　あ、ありがとうございます……」

赤くなった頬に手を当てているのを見て、そんな仕草も可愛いと、改めて思う。

そして、同時に自分の中にある、西志村と同じような感情に吐き気を覚える。

「先輩……それ、恋人を褒めている人の顔じゃないですよ？」

「デートしている間、俺は……沙絢のことを見ている他のヤツらに対して優越感を覚えていた」

「わたしの彼氏なんだぞ、ということですか？」

「……呆れるだろ？　西志村と同じようなことを、しかも……ちゃんと付き合っているわけでもないのに、そんなふうに思っていたんだよ」

「そう思ってもらえたのなら、わたしは嬉しいですよ？」

「でも――」

「わたしは、先輩に可愛いと思ってもらいたいです」

「え？　うん。思ってるけど」

「あ、ありがとうございます……でも、それだけじゃなく、わたしだけを見てほしい思っています」

「あ、うん。俺は沙絢だけ見てるけど」

「先輩、さっきから……わざと言ってます？」

顔を真っ赤にして、沙絢が上目遣いに聞いてくる。だが、何のことを言っているのか、よくわからずに俺は首を捻った。

「ええと、何が言いたいかと言うと、先輩がわたしと一緒にいて優越感を覚えていても、嬉しいだけで、嫌じゃないってことです」

「……西志村と同じようようになりそうで、自分が嫌になるんだ」

「なりませんよ。そもそも、ああいうふうになりたくないと思っているんですよね？」

「……うん」

「それに、先輩がそういうふうになりそうなら、ちゃんとわたしが止めてあげます」

「……そっか」

「だから、安心してください。安心して……わたしに、言うべきことがありますよね？」

体を寄せ、顔をのぞきこんでくる。

沙絢の瞳の奥に、期待と不安の色が揺れる。

わかっている。彼女が何を望んでいるのか、どんな言葉を欲しているのか。

たった一言。それを口にすれば、ふわふわとしていた関係が変わる。

彼女はきっと受け入れてくれるだろう。そう思っても、言葉にするのには覚悟が必要だった。

けれど、ここで言わないと、きっと一生後悔する。

そんな予感があった。

「沙絢のことが好きだ。俺の……恋人になってほしい」

「はいっ♪」

笑顔で頷く沙絢に、俺はほっと胸を撫で下ろした。

「もしかして、わたしが断るとでも思っていたんですか？」

「俺が相手だぞ？　自信があると思っているのか？」

「どうして自信満々に、自信のないセリフを言うんですか……といっても、今はまだ難しいかもしれませんね」

どうしても後ろ向きな俺の言葉に、沙絢が苦笑する。

「でも、わたしは先輩のことずっと好きでした。恋人になれて、すごく嬉しいです。そのことは、絶対に忘れないでくださいね」

「ああ、忘れない。いや、恋人になった日だ。忘れられないよ」

「本当ですか？　先輩、わたしのことすっかり忘れていましたよね？」

「そう言われると、否定できないけど……」

「だから、恋人になった記念の日ですし……ぜったいに、忘れられないことしましょうか？」

楽しげな顔で、沙絢がいたずらっぽく言った。

沙絢に半ば強引に連れられてこられたのは——俺達のいた路地からさらに一本、裏に入ったところにあるラブホテルだった。

「ええと……本当に、ここでよかったのか？」

「はい♪　前から一度、入ってみたかったんです」

沙絢の選んだ部屋は、可愛らしい内装のもので、彼女は興味津々な顔で周りを見回している。

「部屋の広さにしては、シャワーと湯船も大きめですね。あ、ふたりで入るためなのかも？」

「興味があるなら、シャワー、浴びるか？」

何回もエッチなことをして、お互いの裸を見知っているとはいえ、一緒にとは言いだしにくかった。

もっとも、そんな俺の葛藤など、彼女にはお見通しのようだ。

「んふふ♪　先輩、一緒に入りたいんですか？　いいですよ？」

断られると思ったのだけれど、沙絢は俺の提案をあっさりと受け入れた。

「さっきのアレで……まだパンツが……」

「あ、えと……ごめん」

そうか。更衣室でスマタをした後も、ずっと着替えたりしていなかったんだよな。

「だから……先輩に、綺麗にしてもらえますか？」

沙絢が上目遣いにおねだりをしてくる。そして、俺には断ることなんてできるわけもなかった。

お互いの体を洗い、タオルで拭き合う。ただそれだけのことなのに、妙に疲れてしまった。

俺は、全裸のままベッドに倒れこんだ。

「先輩、エッチをしたわけでもないのに、どうしてそんなに疲れてるんですかー」

倒れこんだ俺の頭のすぐ近くに腰を下ろしながら、沙絢が言う。

「……沙絢は疲れていないのか？」

「ええ。とっても気持ちよくて、楽しかったですから♪」

「そうか……」

セックスをして、だいぶ慣れたと思っていたのだけれど、体を洗い合うのは勝手が違った。

それに、沙絢の体に反応をせずにただ洗うなんてできなかった。

スマタとはいえ、さっきしたばかりなのにな……と思っても、生理現象だ。自分でコントロールするのは難しい。

ぶっちゃけてしまえば、洗っている間も、洗われている間も、ずっと勃起しっぱなしだった。

肉体的には大した負担ではないけれど、精神的にはかなり疲れてしまった。

「……せっかく恋人になって、こんなところまで来たのに何もしないんですか？」

「……する」

沙絢に甘く囁かれ、俺は体を起こした。

「無理しなくていいんですよ？」

「無理じゃない……というか、たとえ無理でも、したい」

「ふふっ、そんなにわたしのことを愛しちゃってるんですねー」

「ああ。俺は沙絢を愛してる」

からかおうとしていたのだろう。だが、俺がはっきりとそう応えると、沙絢は顔を赤くして息を呑んだ。

「ふえっ⁉　な、なんで……え？」

「恋人になったんだから、遠慮はいらないってことだろ？」

「先輩は、そういうことを言ったりするの、苦手でしたよね？」

「今も苦手だし、多少は気恥ずかしいけど、沙絢に対して本心を伝えるだけなら、大丈夫だ」

「今、すごく恥ずかしいこと言ってるって自覚してますか？」

「してる。でも、嘘じゃないからな」

「そ、そうですか……もう一度、言ってほしいです」

「沙絢、愛してる」

「そ、そうですか……えへ、えへへ♪」

沙絢の顔がだらしなく緩む。

「言葉だけでいいのか？」

「え……？」

少し強引にキスをする。

「んんっ、ん、ちゅ……はむ、ちゅ……せんぱ……んっ♥ ん、ちゅむ、ちゅ……んふぁ……」

唇を離すと、沙絢はとろんとした顔をしている。

「先輩……もっと、してほしいです……」

「……わかった」

沙絢に求められるまま、俺は再び唇を重ねる。

ぷるんとした艶やかな唇を軽くついばむように、くり返しキスをする。

「ん……して、ください。わたしの全部、先輩のものにしてほしいです」

耳元で、沙絢が甘く囁く。

そうだ……今日から沙絢は俺の恋人になったんだ。

「……うん。沙絢の全部、ほしい。俺の全部も、沙絢のものだから」

「ふふっ、一生、忘れられない思い出になりそうですね」

「そうできるように、がんばるよ」

そう答えながら、俺は沙絢の足をぐっと持ち上げて、頭の横に膝を置くような格好——まんぐり返しをさせる。

「な、何するんですか⁉」

「さっきは、沙絢にスマタをしてもらっただろう？　今度はお返しに、まずは沙絢に気持ちよくなってもらおうと思って」

「だ、だからって、こんな格好、すごく恥ずかしいんですけど……」

顔を真っ赤にして、抗議するように軽く睨みつけてくる。

たしかに、ほとんど無防備に、そして大胆に秘所をさらけ出すような姿だ。

「少しだけ、我慢してもらえるか？」

そう言って、俺は沙絢の股間に顔を近づける。沙絢の薄桃色の秘唇はすでに綻《ほころ》び、露《あらわ》になった膣口がヒクついていた。

「や、やっぱりだめですっ。そこ、汚いですから……」

「お風呂に入って洗い合ったばかりだろ？」

「そ、そうでした。でも、その、やっぱり――」

唾液をたっぷりと乗せた舌を押しつけるように、沙絢の秘裂を舐めあげる。

「ひゃああっ！」

沙絢の腰がびくんっと跳ねる。

「あ、舐められて……んっ、先輩に、ペロペロされて……あっ♥　んあっ♥　あ、や……んんっ♥」

口で言うほど嫌がってはいないようだ。

「気持ちよくなるまで、ちゃんとするから……ん、れろっ、れるっ、ぴちゅ、ぴちゃ、れろろっ」

割れ目を押し広げるように何度も舐めあげ、敏感な粘膜に舌を這わせる。

「んっんっ♥　あ、はっ♥　は、あっ、くすぐった……あっ、あ、そんなに、そこ、そんなに舐めたら……だめっ、だめですっ」

「じゃあ、こっちにしようか？」

割れ目よりも少し上、包皮から顔を出しているクリトリスを中心に責めていく。

「あっ⁉　ふあぁあっ、んあぁあっ♥　そ、そっちもダメですっ」

愛撫を押しとどめようとしているのか、俺の頭に両手を置いて、さらに太ももで締めつけてくる。

だが、俺はかまわずにさらに沙絢を責めたてていく。

舌を尖らせ、膣口を押し広げるように挿入していく。

「あっ、んんんんっ♥」

頭を動かせないので、つぷつぷと浅い部分を出し入れし、膣口付近を舐めて刺激する。

そうしていると、力が入らなくなってきたのか、頭を挟んでいた太ももの締めつけが緩んでくる。

感じているのだろう。愛液が滲みだし、甘酸っぱい匂いが濃くなってくる。

「ん、ぴちゅ、れろっ、じゅるるっ、れろっ、れるっ、じゅるるっ、じゅるっ、ぴちゃ、ぴちゅ」

わざと卑猥な音を立てながら、沙絢の股間を余すところなく舐め回す。

「あ、あ、や……恥ずかしい音、しちゃってます……んあっ♥　だめ、だめ、だめ……それ以上、されたら……あ、ああっ♥」

無意識にだろうか。足はすっかりと開き、さらなる快感を求めるように、沙絢は自ら腰をくねらせている。

舌を尖らせるようにして膣内へと押し入れ、そのままじゅぷじゅぷと軽く前後させる。

「中……あっ、おまんこの中まで、舐められて……んあっ♥　あ、あああっ♥　先輩、まって……まってください……それいじょう、されると、変になる……なっちゃいますからぁ……」

体をくねらせ、腰が跳ねる。

絶頂が違いのかもしれない。鼻先をクリトリスに押しつけ、顔を左右に揺する。

そうしながら、膣内を今まで以上に激しく舐め回す。

「あ、ああっ♥　な、なにか……あっ♥　だめ、でちゃう、でちゃいますっ、ん、ふあっ、あああああああっ!!」

沙絢の体が大きく波打ち、同時に股間から勢いよく透明な液体——潮が迸った。

「はっ、はっ、あ、ああ……ん、あ……わたし……ん、おもらし……しちゃいました……ううう……」

恥ずかしげに顔を背ける。

「今のは、おもらしじゃなくて、たぶん……潮吹きってやつだと思うけど……」

「はあ、はあ……しおふきって、なんですか……？」

「気持ちいいと出るやつみたいだけど……詳しくはよくわからない」

「それって、おもらしでも、しおふきでも、恥ずかしいことに変わりないじゃないですかぁ」

抗議するように、沙絢が俺を見上げてくる。

「嫌だったか？」

「…………………嫌とは、言ってません」

真っ赤になった顔を背けながら、小さな声で応える。

「でも……恋人になってから初めてのエッチで、こんなになっちゃうなんて……」

「一生、忘れられない思い出になったんじゃないか？」

「たしかに、忘れられないようなことでしたけれど、望んでいるのはこういうことじゃありませんから！」

「だったら、ちゃんと……恋人らしくするのなら、いいよな？」

そう言うと、俺はガチガチになっているペニスを、沙絢のおまんこに宛がう。

「え？　せんぱ……あ、ま、待ってくださいっ、わたし、イッたばっかりだから……ん、ふあああっ♥」

一息に根元まで挿入すると、沙絢はブルブルと全身を震わせ、甘い悲鳴を上げる。

「はっ、はっ、はぁ、はぁ……待ってって言ったじゃないないですかぁ……」

まだ刺激が強いのか、沙絢は顔を軽くしかめ、息を荒げている。

「何度だってイっていいのに……いや、イクとこ見せてほしい」

「え？　せ、先輩……？」

絶頂の余韻か、膣がいつもよりもうねっている。濡れた襞が亀頭に絡みついてきて、刺激が大きい。

最初は小刻みに、そしてすぐに大きなストロークへ。

沙絢のおまんこの中を擦り、すっかり降りてきている子宮を叩くように刺激する。

「んはぁっ♥　あ、せんぱい、いきなり、そんなに激しく、されたら……あっ、んはぁっ！」

勢いよくピストンを行うと、彼女が嬌声をあげていく。

「あぁっ、ん、ふぅっ、あぁっ！　ダメです、そんな激しくされたら、感じちゃう……あ、感じすぎちゃいますからぁ……んっ♥　んぁあああっ♥」

口を大きく開けて、苦しげに息を吸う。

「せんぱ……そんなに、必死に……んっ♥　腰、動かすほど、気持ちいいんですか……？」

どうにか、自分のペースに持って行きたいのだろう。喘ぎながらも、沙絢がからかうように聞いてくる。けれども、その表情には、いつものような余裕はない。

「うん。気持ちいい。だから、沙絢にも同じくらい……いや、俺よりももっと気持ちよくなってほしい」

そう言いながら腰を打ち下ろすようにして、さらに深く突き入れる。

「感じて、いやらしく乱れている沙絢……いやらしくて……すごく、かわいい」

「んはぁっ、あ、そんなこと言うの、反則ですっ♥　そんなふうに言われたら、わたし、あっ、んはぁっ♥」

真っ赤になっているのが恥ずかしいのか、両手で顔を隠してしまう。

「沙絢、隠さないで。感じてる顔、見たい」

彼女の手を軽く握って引っぱる。

「な、なんか、今日の先輩……いつより、強引ですっ。なんでなんですか……？」

「そうかな？　だとしたら、いつもより沙絢が可愛いからかな？」

「も、もう、調子に乗らないでくださいっ。先輩にそう言われたからって……う、嬉しいですけど」

今、俺がそんなことを言われたら、どうなるかわかっていないのだろうか。

「んっ、んっ、恋人になっての……はじめての、エッチ……ですから……だから、忘れられない思い出、くださいっ」

彼女が俺を求めてくれる。その言葉が嬉しい。その想いが愛おしい。

沙絢の全部を感じたい。俺の全部を感じてほしい。

「沙絢っ！」

とまらない——いや、止まりたくない。さらに昂ぶっていく気持ちのままに、俺は彼女を深く、強く、求める。

腰を打ち下ろすようにして、膣奥を叩き、カリ首で襞を擦りあげる。

チンポが抜けるギリギリまで腰を引き、一気に根元まで突き入れる。

「あ、ふあああっ⁉」

出して、入れて、彼女の膣内を余すところなく擦り上げていく。

「あっ♥　んあっ、ああああっ♥　先輩、先輩……すご……すごい、ですっ、んあぁっ」

「好きだ、沙絢。愛している」

耳たぶを甘噛みしながら囁き、よりいっそう激しく腰を使う。

「んあっ、あっ、あっ、せんぱ……あっ、ああっ！　んっ、すご……はげし……あ、あぁっ♥」

トロトロになっているおまんこの中を、チンポが出入りするたびにちゅぶちゅぶと、ねばっこい音が大きくなっていく。

腰を引くと、チンポを締めつけながら入り口が山型に盛り上がり、再び腰を打ちつけると、さらに奥へ誘うように膣が蠕動する。

「ひあっ、あっ、あああーっ♥　んあ、はっ、はっ♥　せんぱ、せんぱいっ‼」

切羽詰まった喘ぎ声と共に、膣襞がチンポに絡み、締めつけてくる。

沙絢が絶頂へと向かっていくのが伝わってくる。そして同じように、俺も限界が近い。

出して、入れて。擦って。突いて。ただがむしゃらに腰を使う。

「あ、ああっ、も……いっ！　いくっ♥　い、いくいくっ♥　あ、せんぱいっ、せんぱ……

あ、ああっ♥」

　俺のすることを全て受け入れ、強引に、強制的に、絶頂へと押し上げられていく。

「あっ♥　あっ♥　んあっ♥　あ、あああっ♥　んああっ♥　ふっ、はぁぁ…………っ♥」

　ひっきりなしに喘いでいた沙絢が、深く息を吐いて、ぎゅっと体を強ばらせた。

　痛いくらいの締めつけと、火傷しそうなくらいに熱くなったおまんこのうねりで、俺が先に絶頂を迎えた。

「う、くあああぁっ！　出る……!!」

　びゅるうううっ!!

　びゅくっ、びゅるるっ、びゅうううっ!!

　おまんこ深くに突き入れたチンポが、射精と共に強く跳ねた。

「ん、ひうっ!?　あ、あ、ああああっ♥」

　チンポから精液が迸るたびに、びくびくとチンポが跳ね、沙絢のおまんこを刺激する。

「あっ、あ♥　中、びくびくって……先輩、先輩、わたしも……ああ、あ、あああっ、ん、いくっ♥」

　玉の中が空になりそうな勢いで、残っていた精液を吐き出し、沙絢の膣内を満たしていく。

「んあああああああああああああああっ!!」

射精を受け止め、俺の後を追うように沙絢も絶頂する。

「ふっ、ふっ♥　あ、はぅ……♥　あ、んふぅうぅ………」

肺の中が空になりそうなくらいに、深い吐息を吐く。

「沙絢……」

「ん、はあああぁ……♥　あ、ふっ、んあ……♥　先輩……酷い、です……こんなセックス、されたら……わたし、絶対、忘れられなくなっちゃいました……」

「一生の思い出になったか？」

「なりましたけど……でも、わかってるんですか？」

「え？　わかってるって、何が？」

「先輩に、こんなにも気持ちいいエッチを、心と体に刻みこまれちゃったってことです」

「ええと、それってつまり……」

「わたしをこんなふうにした責任、ちゃんととってくださいね♪」

第四章
記憶の欠片

朝、学園へ行くときも、昼に弁当を食べるときも、帰るときも。

沙絢は以前と同じ――いや、それ以上の頻度で俺に会いに来るようになった。

「沙絢、友達との関係とか、勉強とか、そういうのは大丈夫なのか？」

「勉強ですか？　この前の定期試験で学年3位でしたし、友達は応援して、送り出してくれてますから」

「あ、はい。俺が心配する必要はなかったみたいだな」

「んふふ♪　でも、心配してもらえるのは嬉しいですよ？　心配なら、わたしの友達に彼氏として紹介してもっと一緒にいられるように――」

「それはまた今度な」

「わたしとふたりきりがいいんですね。もう、先輩ってば独占欲が強いんですから。安心してください。わたしは先輩しか見ていませんから♪」

やり取りもパワーアップしたというか、隙あらばからかってくる……まあ、それは前と同じか。

ただ、言動の一つ一つが煌《きら》めいているというか、明るいというか、幸せが溢れているというか……これが、恋人になったからだというのならば、もっと早く言うべきだったと、ちょっと後悔してしまった。

今の沙絢には絡みにくいのか、それともまったく相手にされないとやっと理解したのか、安良田さん達に行動を抑えられていた西志村も関わってこなくなった。

沙絢を侮蔑したり、軽く扱っていた西志村を、自分の力で排除するか、報復をしてやりたいという想いがあったので、少しばかり残念ではある。

でも、あんなのに関わっているのならば、今は一秒でも多く、沙絢と一緒にいたい。彼女もたぶん、俺と同じように感じてくれているのだろう。とはいえ——。

「なあ、沙絢」

「はい、和也先輩♪」

「気持ちは嬉しけれど、もう少し節度を持って行動したほうがいいと思わないか？」

「誰に何の遠慮をする必要もありませんよね？　わたし達は付き合っているんですし♪」

沙絢はそう言って腕を組んでくる。

「はあ……そうだけれど、今まで以上に、沙絢のことを気にしていたやつらの恨みを買いそうだな……」

「そんな人達のことなんて気にしなくていいんですよ。先輩は、可愛い恋人のことだけを考えていればいいんです」

「可愛いって自分で言うか？」

「だったら、先輩が言ってくれるってことですか？」

期待に目をキラキラさせて、沙絢が尋ねてくる。

前にも同じようなことがあったな……今回は、逃げられないだろう。

「沙絢は、可愛い恋人だよ」

沙絢にだけ聞こえるように、俺は耳元に口を寄せてそう告げる。

「先輩、もう一度！　もう一度、聞かせてほしいですっ！」

「……また今度な」

「一度は言ったんですから、一万回や、一億回くらい言ってくれてもいいじゃないですか」

「いや、前よりも桁数の上がり方がすごいからな？　一万回ならともかく、一億回は無理だって」

「一万回なら言えるんですね？　毎日3回でも十年くらいは続けてもらえるんですね。あ、でも、1日1回で、三十年とかのほうがいいかもしれません」

しまった。うかつなことを口にしてしまった。

沙絢、絶対に忘れたりしないだろうし、実行することになりそうだ。

「……言うのはいいけど、ふたりきりのときだけだぞ？」

「先輩は照れ屋さんですから、しかたありませんね。楽しみにしてます♪」

やっぱり、こういうやり取りでは、彼女のほうが一枚も二枚も上だ。

「先輩、今日は何をします？　寄り道するなら、ふたりきりになれるところにしましょう」

「さっそく、俺に沙絢は可愛いよって、言わせようとしているだろ？」

「はい♪」

満面の笑みを浮かべ、沙絢が大きく頷く。

彼女が望むなら、百回や二百回くらい『可愛い』と言ってもいいけれど……録音とかしそうな勢いだよな。

沙絢、写真とか記録とか好きそうだし……と、そこまで考えたところで、前に沙絢が言っていたことを思い出した。

「そういえば、沙絢って俺と同じ学校なんだよな。だったら、今日は寄り道をせずに俺の部屋に来ないか？」

「先輩の部屋にですか？」

「ああ。沙絢とふたりきりで見たいものがあるんだ」

思わせぶりなセリフを口にする。だが、そんな俺を沙絢がジトっとした目で見てくる。

「先輩、何をたくらんでいるんですか？」

「同じ学校なら、卒業アルバムとか、学校の行事のときに撮っていた写真はそれなりにあるから、その頃の沙絢の姿が映っているのを探してみようかと思ったんだけど——」

「だ、だめっ、だめですっ、わたしの昔の写真を見るのは禁止ですっ！」

沙絢は顔を真っ赤にして、胸の間に俺の腕を挟むように抱きついてくる。

「先輩の家へ行くのはやめて、寄り道しましょう！」

「そうしてもいいけど、結果は変わらないと思うぞ？」

「うう……なんで、そんなことを思いついちゃうんですかー」

抗議するように、沙絢が上目遣いに睨みつけてくる。

「いや、学年が違うんだし、俺が持っているのには写ってないかもしれないし」

「……体育祭とか文化祭の、自分の写真を持ってますか？」

「えーと、プロが撮影した、番号を選んで買うやつだよな？　たぶん、あるはず」

「わたしが写ってるの、絶対あります」

「断言はできないだろ？」

「できます。写真を見せますから……わたしの部屋でいいですよね？」

沙絢の部屋には何度も遊びに来たけれど、当然、見せてもらっていない場所なんてたくさんある。

なんとなく落ち着かない気分できょろきょろと見回していると、沙絢がタンスの引き出しを開けた。

「そこに写真があるのか？」

「いえ、この前、先輩に選んでもらった下着がここに――」

「今日は、昔の沙絢の写真を見に来たんだよねっ⁉」

「下着じゃ、だめですか？」

「なんでそれが比較対象になっているのかはともかく、そんなに見られたくないのか？　だったらやめるけど」

「いえ、少し……かなり……とっても恥ずかしいですけれど、絶対に嫌ってほどじゃないですから」

「うん、かなり嫌だってことは伝わってくるな。本当にいいのか？」

「はい。先輩にはわたしの恥ずかしい姿も、全部、見てもらいたいですから」

誤解を招くようなセリフを言いながら、鍵のついている机の引き出しから綺麗な箱を取り出した。

そこには、写真が十数枚ほど入っていて、そのどれも俺の姿が映っていた。

「これと、これ……あと、この二枚にもわたしが写ってます」

ばかりだ。

俺自身だって、姿が端のほうに写っているか、大勢の中で目立たないような微妙なもの

だからこそ、沙絢がいればすぐにわかると思ったのだけれど……見付けることができない。

「ここ、あと、ここにいるのがわたしです」

彼女が指差しているのは、言葉を選ばずに言えば、野暮ったいとか、垢抜けていないとか、そんな感じの女の子だった。

彼女にとっては触れられたくないコンプレックスのようなものなのかもしれない。

けれど、沙絢の昔の姿を見て驚いたのは、別の意味のほうが大きかった。

「入学式のときに、困っていた子……？」

記憶の奥底にしまわれていた光景が脳裏に浮かび、思わず呟いた。

「えっ⁉　せ、先輩！　わたしのこと覚えていてくれたんですかっ⁉」

沙絢は、ぱあぁっとその表情を明るくする。

「学校に来る途中で迷子になって、急いだせいで転んで、制服を汚して泣いていた——」

「わ、わあっ⁉　そんなに細かいことまで思い出さなくていいですっ」

慌てた様子で俺の口をふさいでくる。

「……そんなことまで覚えていたのに、どうしてすぐにわたしだってわかってくれなかったんですか？」

「いや、それは……無理だと思わないか？」

写真をよく見れば、たしかに面影がある。

けれど、身長は今よりも低く、胸元もまっすぐだ。制服もやや大きいのか、ダボついている。

「今の沙絢がこの頃のままの姿なら、きっとすぐに気づいたと思うけど」

「だ、だって、それじゃ先輩に振り向いてもらえ——あ」

みるみる顔が赤くなっていく。

「その……沙絢の見た目が変わったのは、俺のためだって……少しくらいは、うぬぼれてもいいのかな？」

「……先輩、わかっていませんね。少しなんかじゃ、ありません。全部です」

「え？　そうなのか……？」

「わたし、先輩に好きになってほしくて、だからどんな女の子がタイプなのか調べて、色々とがんばったんですよ？」

「俺の好みって……どうやって知ったんだ？」

昔の沙絢との接点があったのことは思いだした。だけど、その後に会話をした覚えはない。

　それに、俺はそういう話を他人には、ほとんどしたこともないはずだ。

「先輩、ゲームとかアニメの気に入ったヒロインの話、友達としていましたよね？」

「たしかに、それなら話したことはあるけど……まさか、そうなのか⁉」

「そのまさかですよ。この髪型……ツインテールだって、先輩が好きだって言ってたからですよ？」

「そ、そうだったんだ……」

「性格もそうですよ？　先輩は自分を振り回すような小悪魔っぽい子が好きって言ってたでしょう？」

　当時、俺はアニメやゲームに出てくる、そういう性格のヒロインが好きだったのを思い出した。

「言った、かもしれない……」

「今のわたし……どうですか？　先輩の好みの女の子になっていますか？」

「昔と今じゃ、考え方も趣味も違うんだよな……だから、俺の好みに無理して合わせることはないんだぞ？」

　小悪魔っぽく振る舞っているけど押しに弱かったりするのは、彼女の本来の性格と混じっているからだろう。

「わたしは、自分で選んで今の〝わたし〟になったんです。だから、これが普通で、無理をしていませんから。でも……先輩が別のタイプの女の子がいいなら、近づく努力をしますよ？」

「いや、沙絢は今の沙絢のままでいい。俺のためじゃなく、自分のしたいようにしてほしい」

「自分のしたいように……ですか？」

「うん。その……沙絢は今のままで十分可愛いし、魅力的だと思ってるから」

思っていることを口にするだけなのに、まだ照れくさい。

「先輩は、今のわたしを可愛いと思ってるんですよね？　魅力的だと思ってるんですね？　今のわたしのしたいことを、してもいいと思ってるんですよね？」

「え？　あ、うん……あれ？　なんか、ちょっと違っているような……」

「細かいことは気にしちゃだめです♪」

今の沙絢らしく、いたずらっぽい笑みを浮かべると、ちゅっと軽く唇が触れるだけのキスをしてきた。

「さ、沙絢……？」

「先輩、昔のわたしよりも今のわたしのほうがいいって言ってくれましたよね？」

「うん。そう思ってるけど……」

「嬉しいです。でも、変わっていないこともあるんですよ？」

「それって……」

「はい。先輩のことが、大好きって気持ちです♪」


「……とは言いましたけれど、顔を見られるのは恥ずかしくてダメです」

今までにないくらい顔を赤くして、沙絢が羞恥に震える。

「それなら、今日はやめておくか？」

「……そうしたら、普通の思い出よりもはっきりと残ると思いませんか？」

「ええと……たぶん、そうなるかな」

今の時点でも、忘れられないような思い出になりそうだけれど。

「ええと……そうだ！　先輩、後ろから……顔を見ない状態でなら、大丈夫です！」

とってもいいことを思いついたみたいな顔をして、沙絢は俺に背中を向けて、足の間に腰を下ろした。

「ええと……じゃあ、こんな感じですればいいのかな？」

沙絢のうなじに鼻先を埋めるようにして、後ろから腰に手を回す。

「先輩、遠慮はいりませんから、もっとぎゅーっとしてもいいんですよ？」

「わかった。もっとぎゅーっとするな」

少しわかりにくいおねだりに応え、沙絢の体を強く抱きしめる。

「あ……ん。先輩に、ぎゅっとされていると、幸せーって感じがしますね」

「俺も、沙絢を抱きしめていると幸せーって感じがするよ」

「ふふっ、先輩……さっきから、わたしのこと……すごく気遣ってくれていますよね？」

「……そんなにわかりやすかったか？」

「はい。でも……ありがとうございます。嬉しいです」

腰に回した俺の腕に、沙絢がそっと触れる。

「大丈夫そうなら……このまま、するな」

「はい……先輩、してください……」

沙絢はねだるように、俺の股間へとお尻を押しつけてくる。

「あ……すごい、熱くて、硬くなってるの……見なくても、わかります……」

そう呟くと、ペニスを刺激するように、さらに腰を突き出し、左右にくねらせる。

「う、あ……沙絢……」

「んふ♪　先輩、こんなになっているのに、やめるって言ってたんですか？」

挑発するように、沙絢がペニスをお尻の割れ目に挟むようにして、グリグリを刺激してくる。

「先輩……」

「ああ……入れるな」

すっかり熱く濡れているおまんこを押し広げながら、ペニスをゆっくりと挿入していく。

「ん、あ…………あ、ふっ♥」

やっぱり、今日の沙絢はなんだかすごく色っぽい。そんなことを考えながら、腰が密着するほど深く繋がる。

「はぁ、はぁ……んっ♥　あ、ふ……先輩ので、いっぱいです……」

息を軽く弾ませながら、沙絢が独り言のように呟く。

……このまま続けても大丈夫そうだな。

初めての体位なので少し動きにくい。ぎこちないままに腰を使い、チンポを出し入れしていく。

「んあっ♥　あ、あ……先輩……ん、ああっ♥」

すっかり濡れている蜜壺の中を、粘つく音を立てて肉棒が往復する。

腰を使うたびに、沙絢が甘く喘ぐ。

沙絢の顔が見られないのは残念だけれど……今日は、諦めよう。

「ん、あっ♥　あ、ふ……」

ペニスがより深く、彼女の体奥まで届き、密着感が増す。

膣道はうねうねと収縮し、俺のチンポを締めつけながら絡みついてくる。

「ん、ふっ、先輩の……いつもと、違うとこ……当たって……んっ、なんだか、変な感じです……あ、ふっ♥」

　体位のせいか、挿入する角度が違うからか、たしかに、今までしてきたのとは、当たる場所が違っている。

「あっ、あっ♥　あ、んっ♥　はぁ、はぁ……お腹、擦れて……んぁっ♥　いいですっ、先輩のおちんちん……気持ち、いい……」

　沙絢の声が、どんどんと甘く蕩けていく。

「んっ……んっ♥　んふっ、はぁ、はぁ……あ、ああんっ……あ、ふ……」

　クリトリスやおまんこほどでなくとも、十分に感じているようだ。

　無意識にだろうか、沙絢が腰を小刻みに前後させている。

　脇から手を差し入れ、豊かな膨らみを支えるように持ち上げる。

「あ、ふ……♥」

　指の間からこぼれ落ちていきそうなくらいの柔らかな感触を味わいながら、優しく揉んで捏ねる。

　耳たぶを甘噛みしながら、円を描くように乳輪に指を這わせる。

「あ、は……んんっ、あ、あ……先輩……んっ♥　あ、ふ……」

顔が見えないので声で判断をするしかないけれど……どうやら、ちゃんと気持ちいいみたいだ。

たぷんったぷんっと、擬音が聞こえてきそうなくらいに手の中で乳房が踊る。

「こんなに充血させて、ぷっくりさせて……すごくエロいな」

「んああっ♥」

乳首をきゅっと摘まむと甘く喘ぎ、胸を突き出すように背中を反《そ》らして、もどかしげに腰をくねらせる。

「んっ♥　あ、あ、ふ……♥　先輩、おっぱい……前のわたしくらいのほうがよかったですか？」

まだ昔の自分の姿を見られたことを引きずっているみたいだな。

「さっきも言っただろ？　今の沙絢が好きだって」

「だったら、もっと……触ってください。昔よりおっきくなったおっぱい、いっぱい弄ってください」

小さいことにコンプレックスを抱くというのはよく聞くけれど、大きくなればいいというわけじゃないのか。

「いいのか？　俺が弄るともっとおっきくなるかもしれないぞ？」

「はあ、はあ……いいです……先輩に、大きくしてもらうのなら、いいですからぁ……」

「……わかった。そうなったら、また下着を一緒に買いに行くか」

「んっ、んっ……ふふっ。そうしたら、また試着室でエッチします？」

「それはなしだ」

「はーい。でも、わたしに似合う下着、ちゃんと見て選んでくださいね？」

「ああ、それくらいならいいぞ」

「あ、選ぶときは先輩好みのエッチなやつじゃないとダメですからね♪」

「……やっといつもの沙絢らしくなってきたな」

「先輩が、今のわたしがいいって、今のわたしでいいって言ってくれたの、嬉しかったから……んっ♥　あんっ♥」

「ああ、でも……沙絢が今も昔も気持ちは変わらないと言ってくれたように……沙絢が昔と同じような格好をしても、俺の沙絢への気持ちは変わらないからな」

「はあ、はあ……そうなんですか？」

意外そうな顔をしている。

「偽告白をされた後、俺のことを真剣に思ってくれて、まっすぐに向き合ってくれて……そんな沙絢だから」

「そんなわたしだから？」

「…………好きになったんだ」

「え？　あ、あ、あ……んっ、ふぁあああああっ♥」

ぞくぞくっといきなり全身が震え、おまんこがぎゅっと締まった。

「さ、沙絢……？」

「ん、はっ、はっ♥　はあ、はあ……嬉しすぎて、いっちゃいました……」

「それなら、俺の気持ちをわかるまで、もっと言えばいいか」

「えっ⁉」

「俺も好きだ。沙絢のこと、大好きだよ」

「ふあっ⁉　あ、んんんっ♥」

素直な想いを耳元で囁くと、沙絢はぞくぞくっと体を震わせる。

「あ、だめ……先輩は、言ったらだめです。今、そんなこと言われたら——」

「沙絢、沙絢……好きだ、好きだ、好きだっ」

好意の言葉を口にすると、おまんこがきゅうっと締まる。

「そんな、何度も言われたら……んっ♥　あっ♥　また、イッちゃいますからぁ……」

「いいよ。何度でも、何十回でも、イっていいから」

「はっ、はあっ、だめ……だめって、いったのに……先輩、こんなときに、そういうこと言わないでください」

「そうだな。できるだけ、普段も言うようにするよ……沙絢のことが、好きだってこと」

「んっ♥　だから、それ、だめですってばぁ……」

言葉とは裏腹に、沙絢のおまんこはきゅうきゅうと肉棒を締めつけてくる。

「今の沙絢が好きだ。昔の沙絢もきっと好きになる。それに……これからの沙絢も」

「んっ、わ、わたしも……ずっと、先輩のこと、好き、好きですからっ」

「ありがとう、沙絢。俺も好きだよ」

ちゅ、ちゅっと音を立てて、うなじや耳の後ろにキスをしながら、囁く。

そうやって言葉を、思いを伝えながら沙絢と深く、繋がっていく。

どろどろに濡れているおまんこの入り口を擦り、膣奥を突きあげる。

「あっ♥　あっ♥　あ、あ、ああああっ♥　好きっ、好きですっ、先輩、好きっ、先輩、大好きっ♥」

沙絢は喘ぎながら、半ば無意識にか、俺への好意を口にする。

顔が見えないからこそ、素直に口にできる言葉もある。

だから俺も、遠慮することなく沙絢に告げることができる。

「好きだ。沙絢、好きだ！」

言葉だけじゃ足りない。俺の思いを伝えるように、うなじに首筋に、肩口に、キスの雨を降らせる。

沙絢の足を軽く抱き上げ、足を大きく広げさせると、さらに深く、激しくチンポを出し入れする。

　熱く擦れ合っている結合部から淫音が響く。

「あ、あっ、い…………くっ！　せんぱ……わたし、もう、もうっ……あっ♥　ああっ♥　もう、いく、いく、あ、ああっ♥」

　抱きしめた俺の腕の中で、沙絢が体をくねらせる。

「沙絢、愛してる」

　普段ならば、口にできないような言葉を、沙絢に囁く。それが最後の一押しになったのだろう。

「ひゃうっ⁉　あ……それ、こんなときに言うなんて……ふあああぁあぁああああああっ♥」

　愛を囁くことで、沙絢が幾度目かの絶頂を迎える。

　イっている沙絢のおまんこを、最後のスパートとばかりに突いて、擦りあげる。そして――。

「出る、沙絢っ‼」

　どぴゅうっ‼　びゅぐっ、どぴゅっ、びゅくううううっ‼

　思いを伝えるように、勢いよく迸った精液が沙絢の膣内を満たしていく。

「んっ、あ、また、いっちゃ……あ、あ、あ、あああああああああああああっ‼」

セックスが終わると、お互いに気持ちも落ちついた。

沙絢とふたりで写真を見ながら昔の話をする。学年も違う、一緒に過ごした時間も少ない。

でも、お互いに何を考え、何をしていたのか、話をするのは楽しかった。

「ねえ、先輩、明日……学校が終わった後、行きたいところがあるんですが、いいですか？」

「寄り道か？　それなら別に――」

「ちょっと遠いんです。バスか電車を使っても30分くらいはかかると思います」

「いいけど、どこに行くんだ？」

「森林公園です♪」

翌日、沙絢の望み通りに、俺達は森林公園へと来ていた。

ここへ初めてきたわけじゃない。学校の行事で使われることも多く、馴染み……というほどではないが、それなりに知っている場所だった。

「……それで、どうしてここに来たかったんだ？」

「たしか、こっちだったはずなんですけれど……」

俺の手を取ると、沙絢が歩きだす。

遊歩道に沿って、右へ、左へ。目的地がどこかはわからないが、迷いのない足取りだ。

しばらく歩いていくと、急に少し開けた場所へと出た。

「先輩……ここ、覚えています？」

「ここ……？」

左右を見回しても、特徴らしい特徴はない。

「わたし、マラソン大会のときに、ここで先輩と話をしているんですよ？」

「マラソン大会……？」

必死に記憶を掘り出し、たぐり寄せる。

幸いというか、俺はあまり多くの人間と関わっていなかったので、何かがあれば印象に残りやすいはず。

「………………………あ」

顔は曖昧だけれど、たぶん……あのときの相手、沙絢だったんじゃないだろうか？

「ここって、マラソンのときの給水所があったところだよな？　あのとき、俺に飲み物を手渡してくれたのって……」

「わ。本当に思いだしてくれたんですかっ⁉」

沙絢が目を丸くしている。

「女の子に笑顔で、がんばってと言われるなんて、あのときくらいだしな。でも、あれが沙絢だったんだな」

「ふふっ、そうです。先輩、今にも倒れちゃいそうなくらいに、ふらふらになってましたから、絶対に覚えてないと思いました」

たしかに、あのときは相手の顔や声に気を向けるほどの余裕はなかった。

「マラソン大会のときのことを覚えてるなら……オリエンテーションのときのことはどうですか？」

「え？　そっちでも会っているのか？」

「はい。あのとき、先輩と会ったのは、もう少し奥のほうでしたけど」

沙絢に手を引かれ、さらに奥まった場所へと向かう。

「……この辺り、見覚えないですか？」

彼女がそう言うからには、何かあるはず……とはいえ、さすがに似たような風景が続いている公園内のことだし、生えている樹や植え込みは、季節によっては見た目もかなり変わるはず。

だが、オリエンテーションで印象に残った出来事なんて、片手に余る程度だ。何があったのか、すぐに思い出すことができた。

「そこの樹の根元に座り込んで、調子が悪そうにしてた子がいたな」

俺の言葉を聞いて、沙絢は嬉しそうに笑う。

「……あのとき、心配して声をかけてくれたのが先輩です」

「そうだったのか……でも、昔の沙絢とも、今の沙絢とも、見た目が違っていたような気がするんだけど……」

「あのときの子は帽子を深くかぶっていたし、タオルで顔もよく見えなかったんじゃないですか？　それに……髪型を変えたりしている途中でしたし」

「昔の沙絢から、今の沙絢になる中間の状態ってことか。その頃の写真を見せてもらえば、はっきりと思い出すかもしれないな」

「だめです。見せません！」

沙絢が顔を赤くして否定する。だが、見せないということは、存在はしているということだ。

……いつか見せてもらおう。

「あのとき、後になって先生が迎えに来てくれたんですけれど……あれも、連絡したのは先輩ですよね？」

「あ、うん。調子の悪そうな子がいるって伝えただけだけど」

「相手がわたしじゃなくとも、親切なんですね」

「同じ学校なんだし、調子が悪そうにしていたら気になって声くらいかけるだろう？」

「そうでない人もたくさんいるんですよ？　でも、そういうとこ、先輩らしいですね」

普段のからかい混じりではなく、優しい笑みを浮かべる。

なんだか気恥ずかしくなって、俺はつい視線を逸らしてしまう。

「まさか、入学式のことも、オリエンテーションのときのことも覚えていたなんて思いませんでした」

「その……ちゃんと覚えてなくて、ごめん」

「いいんです。わたしにとって大切な思い出だということは変わりませんし、先輩も思い出してくれたじゃないですか」

そう言うと、沙絢は繋いだ手をぎゅっと握ってくる。

「先輩が覚えていてくれたのなら、もっと早く声をかければよかったです」

「もっと早く？」

「わたし、ずっと先輩に告白しようと思っていたんです……結局、何年もかかっちゃいましたけど」

じっと沙絢が俺を見つめてくる。その瞳には、確かに熱が籠もっていた。

こうしてみれば、安良田さんにされた告白が薄っぺらい演技だったということがよくわかる。

「もし、そうだったら……こうして付き合うことになっていたかな？」

「なっていなかったと思いますか？」

「沙絢みたいな可愛い子に、普通に声をかけられていたら、俺はたぶん、まともに話もできなかったと思う」

「可愛いって言ってくれるのは嬉しいですけど、少し前まで、わたしに無関心でしたよね？」

「ええと……」

否定できない。声をかけられるまで、沙絢のことを知らなかったしな。

「先輩と運命的な再会から恋人へ！　みたいなのを夢見て、何度も顔を合わせていたのに……」

沙絢は拗ねたように唇を尖らせ、俺を睨んでくる。

……もしかしなくても、ちょっと怒っている？

たしかに、もしも逆の立場だったら……文句の一つも言いたくなるよな。

「ふふっ、でもいいです。運命的な再会はできなかったけれど、わたしのことをちゃんと覚えていてくれましたから」

「ん、ちゅ……」

沙絢が唇を重ねてくる。

触れるだけのキス。けれども、それはいつもよりも長く続いていた。

「ねえ、先輩……ここで、もう一つ、絶対に忘れられないような思い出を作りませんか？」

沙絢との思い出の場所から、さらに少しだけ樹や茂みの濃いほうへと移動する。

「……外でエッチなことをするんだって考えると、ドキドキしてきますね」

「……そうだな。でも、本当にこのまま続けていいのか？」

「先輩のここは、続けるつもりみたいですけど？」

沙絢は、クスクスと笑いながら、お尻を突き出して、俺のペニスに押しつけてくる。

「ん……こんなにおっきくて、熱くなってるじゃないですか……」

「沙絢のここも、すごく濡れてるぞ？」

ペニスに愛液を馴染ませるように、割れ目にそって何度か行き来させると、そこが十分に濡れていることがわかるような淫音が聞こえてきた。

「んあっ♥　はあぁ……ふっ……先輩……して、ください。もう大丈夫ですから……」

沙絢は俺に背を向けると、近くにあった樹に片手をついた。

こんなところを誰かに見られたら、さすがに言い訳のしようもない。

「わかった。するぞ」

スカートをまくりあげ、露《あらわ》になった膣口にペニスを宛がい、ゆっくりと挿入していく。

「あ、は……んっ♥　先輩の、入ってきます……んんっ」

だったら、満足することよりも早く終わらせることを優先するしかない。

そう決めると、俺は沙絢のおまんこにチンポを宛がい、一気に深く挿入する！

「んあああああああ――ふぐっ⁉」

甘く喘ぐ沙絢の口を、俺は慌てて手でふさいだ。

「ん……ひぇんぱい……？」

「あまり大きな声を出すと、人が来るかもしれないだろ？」

耳元に口を寄せて囁くと、きゅっと沙絢の膣が締まった。

もしかして、誰かに見られるかもしれない状況に興奮している？

「声、我慢できそう？」

口を覆っていた手を離すして、沙絢に尋ねる。

「ん、ふぁ……はあ、はあ……がんばってみます。でも、声……絶対に出ちゃうから、見つかる前に……ください。先輩の……全部、わたしのここに、出してほしいです」

グリグリと腰を押しつけながら、淫らなおねだりをしてくる。

「……うん」

頷いて応えると、俺は腰をゆっくりと動かしていく。

声が漏れないように、ゆっくりと、浅い場所だけを刺激するようにペニスを出し入れする。

「んっ、んっ、ん、あ……んっ、ふっ♥」

唇を引き結び、喘ぎ声が漏れるのを我慢できているみたいだけれど……。

無意識にか、沙絢は自分から腰を突き出し、お尻を左右に揺らす。

「あ……は……んっ、んっ、あ、先輩……それだと……んっ、あ、は……」

切なげに喘ぐたびに、膣道がうねりチンポをきゅんきゅんと締めつけてくる。

「……沙絢、これだと物足りない？」

そう尋ねると、沙絢は恥ずかしげに頬を染めながらも、小さく頷いた。

「じゃあ、もう少し動くけど……できるだけ、声がでないように我慢してくれるか？」

「う……がんばってみます……」

ここは遊歩道から少し離れているし、歩いてくるときに見た感じ、人もそんなに多くない。

よほど大きな声を出し続けなければ大丈夫………だと思う。

ぬちぬちと、小刻みに前後させていた動きを、大きく変化させる。

亀頭が膣奥に触れるほど深く挿入し、カリで襞を引っかけながら、抜ける直前まで引き出す。

「ふああっ⁉　んぁっ♥　あ、先輩、んんんんっ！」

甘い声をあげ、沙絢の腰が跳ねる。

高くあがったお尻に腰を打ちつけるように、挿入し、再び、引き抜く。

「んっ、んっ、あ、ああっ、先輩……んんっ♥　あ、ふ……ま、まって……声、出ちゃいます……んんっ」

沙絢の吐息が艶を帯び、甘い声が漏れ始める。

俺はその細い腰を掴んで、激しくピストンをする。

ちゅぐっ、ちゅぶっと、結合部から淫音が響き、ペニスが出入りするたびに、白く泡だった愛液が糸を引いて滴っていく。

「ああっ♥　ん、先輩、んぁ、そんなに激し……おまんこ、かき回されたら……わたし、あ、あっ、声、我慢できなくなっちゃいます……んあっ！　だめ、がまんできな……んんっ♥」

漏れ出る声を我慢できなくなったのか、沙絢は自分の口に手を当てる。

「んっ、んっ、ふぐっ、んうっ、んんんっ！　んふっ、んっ、んんんんっ」

けれど、完全に抑えこむことはできないようだ。

吐息にも、そして漏れ出る声にも、快感の悦びが滲み出している。

「外でセックスしてこんなに感じるなんて、沙絢は変態だな」

羞恥を煽るように、沙絢の耳元で囁く。

いつもからかわれて振り回されているのは俺のほうだが、今は立場が逆だ。

「んぁ、ああっ♥　ちが……先輩との、思い出……ほしくて……んっ、んっ♥」

かわいらしい沙絢の反応は、俺を余計に昂ぶらせる。

「新しい……忘れられない思い出を作りたいだけなら、こんなとこでエッチする必要なんてないよな？」

「うう……いじわる。先輩、いじわるです」

振り返った沙絢が、軽く睨みつけてくる。

「ごめんごめん。沙絢のこと、ちゃんと覚えてなかった俺が悪かったんだよな。だから……もう二度と、忘れられないように、このまま続けるぞ？」

樹に手をついている沙絢を、後ろから抱きしめ、たぷたぷと前後に揺れるおっぱいへと手を伸ばす。

ずっしりとした柔らかな重みを感じながら、乳房を捏ね、勃起している乳首を刺激する。

「あっ、あっ♥　先輩……おっぱい、んっ、はげし……乳首、くりくりって、そんなにされたら……んんっ♥　んんっ♥」

胸への愛撫をしながら、よりいっそう激しく腰を使う。

深くつながると、離れたくないとばかりに、おまんこがチンポを優しく包みこんでくる。

抵抗を感じながら抜ける直前まで引き出すと、締めつけながら膣口が山型に盛り上がる。

「はあ、はあ……だ、だって……こんなのっ♥ がまん、できない、です……んっ、ああっ♥」

「……俺も、もう……我慢できない！」

じわじわと高まっていた快感に背中を押されるように、俺は動きを速めていく。

ぱちゅ、ちゅぐっ、じゅぷ、じゅちゅ！

今まで以上に速く、深く、沙絢のおまんこを突いて、突いて、突いて、突きまくる。

腰を打ちつけるたびに、女らしい丸みを帯びたお尻が波打つ。

「んあっ♥ あっ♥ あああっ、んあっ♥ あ、はっ、はっ、すご……せんぱ……あっ、あっ、い、いいっ、気持ちい、です……んんんっ♥」

沙絢がひっきりなしに喘ぎ、絶頂へ向かって昂ぶっていく。

俺も、もう周りを気にする余裕なんてなかった。

「く……沙絢っ！ 俺、もう……！」

「あっ♥ あっ♥ わた、わたしも……もうっ、もうっ、せんぱい、いっしょ、いっしょがいいです……んっ♥ んあっ♥」

「ああ、一緒に……一緒にイこうっ！」

彼女の望みに応えながら、最後の一押しをする。

足に力が入らないのか、沙絢はがくがくと膝を震わせている。

「あっ、あっ、い、いくっ、せんぱ……も、もうっ、おねがい、しますっ、くださいっ、出して、くださいっ」

沙絢が、そして俺も、ふたりそろって絶頂へと向かって昂ぶっていく。

「出すぞ、沙絢っ！」

降りてきていた子宮を押し広げるような突き上げに、沙絢が跳ね上がるように背中を弓なりに反らす。

「んあああっ！　あっ、あっ、いうっ⁉」

なかば強引に顔を向けさせると、そのままキスで口をふさぐ。

「んうっ⁉　んん、ふくうううううううううううううううっ‼！」

絶頂の声を抑えながら、俺も限界を迎えた。

びゅぐっ、びゅるるッ！　どぴゅうっ‼　びゅくびゅくっ‼

大量に迸った白濁が、おまんこの奥を叩く。

「んぶっ⁉　んっ♥　んーっ♥　ん、ん、んう……！　んんんんっ‼」

続けて、軽イキしたのかもしれない。

沙絢は、俺の射精を受けとめるたびに、全身をぶるっぶるっと震わせた。

行為の後、体力が十分に回復するのを待って、戻ってきたのだけれど、最寄りの駅につ
いたときには、すっかりと日は落ちてしまっていた。

いくら夢中だったとはいえ、時間についてもう少し考えておくべきだった。

人も多く、明るく照らし出されている商店街を抜け、住宅街へと入る。

「あの、先輩……いいんですか？　家に帰るなら、今の角で曲がらないと大回りですよ
ね？」

「沙絢をひとりで帰らせるのは心配だからな」

「それって、わたしと少しでも一緒にいたいから、ですか？」

「……それは否定しない」

「ふふっ、ありがとうございます♪」

てっきりからかいの一つもあるかと思ったが、沙絢は嬉しそうに微笑《わら》うと、つないだ手
をしっかりと握ってくる。

「ずっとこんなふうに一緒に過ごせればいいのに……。先輩は先輩だから、先に卒業しち
ゃうんですよね……」

「まあ、そうだな」

「留年して、同級生になりませんか？　いえ、なっちゃいましょうよ」

「すごく良いこと思いついたみたいな顔して言ってるけど、それはありえないからな？」

「可愛い彼女と一緒に過ごせなくなってもいいんですか？」

「可愛い彼女とできるだけ一緒に過ごせるように、どうにかするよ」

「本当ですか？」

「本当だよ」

「わかりました。信じます。でも、もしもダメだったとしても、会えない時間を我慢できるように、たくさん思い出作り、しましょうね」

「ああ……って、その思い出作りってエッチなこと以外だよな？」

「ふふっ、もちろん……エッチなことも、それ以外も、全部です♪」


「……ということで、さっそく思い出作りをしましょう！」

翌日の放課後。俺を迎えに来た沙絢が、そんなことを言いだした。

……これって、絶対に昨日のことが切っ掛けだよな？

「思い出作りって……俺が卒業まで、まだ一年以上あるぞ？」

「思い立ったが吉日っていうじゃないですか。それに、一年しかないんですよ？」

腰に手を当て、指をぴっと立てて言う。

〝まだ、ある〟と〝しか、ない〟では、たしかに大きな違いがあるように感じる。

「そ、そうだな……」

沙絢はやる気に充ち満ちている。この感じってことは、たぶん、そういうことだよな？

「なあ、沙絢。その思い出作りって、どっちのほうだ？」

「ふふっ、そんなふうに聞いてくるなんて、先輩……エッチなこと、考えていましたね？」

からかうように沙絢が聞いてくる。

てっきりそうだと思ったのだけれど、どうやら俺の考えすぎだった――。

「もちろん、エッチな思い出作りです♪」

「……って、当たってたのかよっ」

「というわけで、さっそく体育倉庫に行きましょう！」

「……なんで、体育倉庫？」

話の繋がりがわからず、俺は首を傾げた。

沙絢と共にやってきたのは、学園祭などの道具の入っている、普段は使われないほうの体育倉庫だった。

「ああ……なるほど。こっちのほうなのか」

場所については納得したけど……。

「鍵、かかっているだろ？　理由もなく貸してもらえると思えないけど……」

「そこで、この合鍵です」

ドヤっとした顔をして、沙絢が鍵を取り出す。

「ええと、沙絢。なんで鍵を？」

「いくつか上の先輩が、こっそり作った合鍵だそうです♪」

「……そんなのが出回っているなら、他のやつが来るんじゃないか？」

「あ、これ一つだけみたいです。その隠し場所に鍵がなかったら、誰かが『使用中』なので、他の人は近づかないっていうのが暗黙のルールになっているそうです」

最初に始めたのが誰かわからないけれど、たぶん陽キャグループのような連中じゃないだろうか。

校内で、自分達が快適に過ごすことのできる場所を独占的に使いたいなんて考えたのだろう。

「なるほど……沙絢がいなかったら、俺はそんなことを知らないままに卒業していたわけだ」

「でも、そのおかげで、わたし達もふたりきりで過ごせるんですから、いいじゃないですか」

そう言いながら、ドアを開いて中へと入る沙絢の後をついて、倉庫へと入る。

小さいながらも窓があるからか、空気に淀んだ感じはなく、倉庫の中もやや薄暗いくらいだ。

荷物が積み上がってはいるけれど、人の入る余地がないわけじゃない。

「あ、先輩。こっちです」

壁沿いの隙間を通って奥へ向かうと、そこには数人が過ごせるくらいのスペースがあり、陸上競技で使うような、少し厚みのある体育マットが敷いてあった。

「ここを使っているのか」

「そうみたいですね」

「あまり汚れはいないみたいだけど……」

マットを軽くはたいてから、俺達は並んで腰を下ろす。ほどよくクッション性もあって座り心地は悪くない。

「思っていたよりも、居心地も良いかもしれませんね」

「……なんか、静かだな」

「校舎からも、校庭や体育館からも離れていますからね。外の声はほとんど聞こえませんし、中の声も漏れないそうですよ」

「スマホは繋がるのかな？」

「電波が少し弱いみたいですけど、使えるみたいです」

「へえ、じゃあゲームをやったりもできるんだな」

「先輩、恋人とふたりきりなんですよ？　それなのにゲームをするつもりなんですか？」

沙絢は呆れた顔をしている。

「ここへ来ている恋人は〝そういうこと〟をするみたいですよ？」

マットに手をつくと、俺の顔をのぞきこんでくる。

つまり、俺と沙絢が座っているこの場所で、他の誰かがセックスをしているのだ。

彼女と関係を持ったからか、ここに来ている誰か達の行為を、生々しく、詳細に想像できてしまう。

「……ここで、してるのか」

「そうみたいですね」

薄暗いからはっきりしないけれど、沙絢の顔が少し赤くなっているような気がする。

そんなふうにしている俺も、顔が熱くなっているのだけれど。

どうしてこんな場所で？　と考えて、すぐに納得した。

家族の誰かが当たり前に家にいれば、学生の身の上だと安心してセックスができる場所は少ない。

カラオケボックスやインターネットカフェなんかだと、近くに他人がいるだろうし、カメラでの監視もあるだろう。制服姿でラブホテルを利用するのもリスクが高い。そもそも頻繁に使うには料金も高いし。

ここなら、少しくらい声を出しても、周りに気づかれないで済む。隠れ家的に使うよりも、ホテル的な使用方法になるのも、必然というべきか。

「せっかくここに来たのに、先輩はわたしとそういうこと、したくないんですか？」

「沙絢は、こんなところでいいのか？」

「この前、外――更衣室でエッチしたのは？　森林公園でもしましたよね？」

「あー、うん。したな」

沙絢に誘われたからといっても、受け入れたのは俺だ。言い訳にもならない。

「ここなら、人に見られる可能性も低いですし、それに……先輩が卒業したら、学校内で一緒に過ごすこともできなくなるんですよ？」

「……そうだな」

「だから、わたしはいいことを思いついたんです」

「いいことって……？」

なんだか、ちょっと嫌な予感がする。

沙絢は、さっきよりもさらに近くに座り直すと、俺の顔をのぞきこんでくる。

「先輩との思い出をたくさん作るんです」

「それ、前にも言ってたな」

「はい♪　たとえば、夕方の屋上とか、休みの日の空き教室とか、放課後の保健室とか、授業中のトイレとか………今みたいに、体育倉庫でふたりきりになるとか」

「それって……」

「ふふっ、そうです。人のあまり来ない場所で、エッチなことをしましょう♪」

「そういうのだけじゃなく、普通に恋人らしいことをすればいいんじゃないかな？」

「もちろん、そういう思い出もたくさん作りますよ？　わたし、自分で言うのもなんですけれど、寂しがりやなんですから」

「わかった。できるかぎり協力するよ」

「ありがとうございます、先輩♪」

笑顔でそう言って、沙絢は俺に抱きついてくると、そのままをマットに押し倒すように寄りかかってくる。

「沙絢……？」

「思い出作りに、協力してくれるんですよね？」

沙絢は俺の腰の上に跨がってこちらを見おろしながら、にっこりと笑う。

あれ、これって……前にも似たようなことがあったような……。

「沙絢がしたいことをするってこと？」

「さすが先輩ですね。その通りです♪」

俺を見おろしながら、沙絢は自らブラウスをはだけ、外したブラジャーを器用に引き抜く。

「相変わらず綺麗だな……」

抜けるような白い肌、薄桜色の先端は、初めて見たときから変わっていない。

……少し、大きくなったとは言っていたけれど。

「そんなにじっと見て……。先輩、わたしのおっぱいが大好きですよね」

「そうだな。大好きだぞ？」

「だったら、遠慮しないで好きにしていいんですよ？」

挑発するような笑みを浮かべ、俺の手を取って乳房へと押しつけた。

「ん、ふ…………は、あ……♥ んっ、んっ♥」

円を描くように手を動かして刺激をすると、頬が上気し、あっという間に吐息が艶を帯びていく。

「んっ、わたしも先輩のこと、気持ちよくしますね……」

独り言のように呟くと、沙絢は腰を前後させて俺の股間に押しつけてくる。

「んっ、んっ……ふっ、あ……先輩、わたしのおっぱいを弄って、興奮してるんですね？」

くすくすと笑いながら、沙絢はさらに腰を押しつけてくる。

布越しの刺激であっても、痛いくらいに勃起しているチンポを刺激されると、ゾクゾクするような快感がある。

「沙絢だって、そうだろ？」

そう返しながら、俺の腰に跨がっている彼女の太ももに手を這わせると、沙絢の動きが止まった。

「わたしも……？」

「だって、ここ、見てわかるくらいに濡れて色が変わってる」

沙絢のそこは、愛液で濡れて色が変わり、薄桃色の割れ目が布越しにも透けて見えていた。

パンツ越しにもわかるほど尖っているクリトリスに指を押しつける。

「んあああっ⁉」

戸惑いと快感の入り混じった喘ぎ声を上げ、沙絢の腰が浮く。

クリトリスから手を離し、割れ目に沿うように強めに指を押しつけ、ぬるぬると前後に動かす。

少し擦るだけで、たちまち指が愛液に塗れていく。

パンツを横にズラして、まずは指を一本だけ膣内へと挿入すると、ほとんど抵抗なく根元まで埋まり、熱く締めつけてくる。

「んんっ♥　あ、ふ……♥　はあ、はあ……あ、んっ♥　先輩、ん……」

何度か出し入れをした後、挿入している指を二本に増やす。

「んんんんっ……あ、は………♥　また、入って……ん、ふ……♥」

沙絢は目を閉じ、唇を引き結び、腰を震わせる。

膣襞を擦るように指を交互に動かすと、沙絢は自然と腰をくねらせ、甘い声をあげる。

「あ、ああっ♥　ん、は……先輩……んっ♥　あ、あっ♥　そんな、しなくても、今日は……へーき、ですから……んあっ♥」

ぬぽんっと、少し間の抜けた真空音と共に、挿入していた指を引き抜く。

「……こんなに濡れてるなら、たしかに大丈夫そうだな」

「先輩もそうじゃないですか」

そう言いながら、沙絢は俺のズボンのベルトを緩め、ファスナーを下ろしてペニスを取り出す。

「おちんちん、ガチガチですよ♪」

竿を握ると、慣れた手つきで上下に扱き始めた。

俺が沙絢の性感帯や、好みの愛撫の方法を知っているように、彼女も俺のことを理解している。

竿を掴む強さも、扱く速さも、どこを刺激すると感じるのかも、よくわかっているようだ。

「う、く……！」

沙絢にチンポを責められて、自然と腰が浮いてしまう。

「ふふっ、先輩、気持ちよさそうな顔してますよー」

楽しげに言いながら、沙絢は滲み出してくる先走りをペニス全体に塗り広げていく。

「先輩のおちんちんも、準備万端みたいですね」

そう言うと、沙絢は扱いていた手を止め、すっかり湿っているパンツを横にずらしてチンポの上に跨がってくる。

「んふ……先輩のが、ここに、わたしのおまんこに入るんですよ？」

沙絢は息を弾ませながら、腰を前後させる。

亀頭と陰唇。敏感な粘膜同士の接触と摩擦だけで、十分すぎるほどの快感だ。

けれど、いつまで経っても挿入をせずに擦り合わせるだけだ。

「沙絢……？」

俺はやや戸惑いながら、沙絢を見上げる。

「先輩、入れたいですか？　おまんこで、してほしいですか？」

どうやら主導権を握りたいようだ。

今までにも何度かこういうことがあった。沙絢なりのこだわりもあるのかもしれない。

反撃して、彼女をとろとろに感じさせたい。

そんな気持ちもあるけれど、今は彼女に花を持たせよう……というか、これ以上は本当に我慢できそうにない。今すぐにでも彼女が欲しい。一つになりたい。

「うん、したい……沙絢のおまんこに、入れたい」

「ん、ふ……ふふっ、いいですよ。わたしのここに、先輩のが入っていくの、じっくりと見ていてくださいね」

沙絢はゆっくりと尻を下ろしていく。

「あ、は…………んんんっ♥」

にゅぷぷぷ……。ペニスが膣をかき分け、愛液を押し出すようにして、中へと埋まっていく。

「う、あ……！」

沙絢のおまんこが、いつも以上に熱く、強くチンポを締めつけてくる。

「はあ、はあ、はあ……先輩のおちんちん、入れただけなのに……んっ♥　気持ちいいです……んんっ♥」

沙絢が小さく腰をくねらせると、膣襞と亀頭が擦れて甘い刺激が背筋を走る。

「う……くっ。沙絢のおまんこも、なんだかいつも以上に気持ちいいけど……」

「そうなんですか？　自分だと、よくわかりませんね」

「俺もそうだよ」

もしかしたら、試着室や森林公園でのときのように、誰かに見つかるかもしれないという状況が、興奮の後押しをしているのかもしれない。

「気持ちいいのなら、かまいませんよね……。ねえ、先輩。一緒に気持ちよくなりましょう♪」

沙絢はチンポの形を確かめるかのように、ゆっくりと腰を上げていく。

そうして、ペニスが抜けるぎりぎりのところまできたところで、一気に下ろす。

膣襞が亀頭を擦りながら深く繋がる。

「んんんあっ♥」

ずんっと膣奥を叩くと、深く息を吐くように沙絢が甘く喘ぐ。

「んふっ♥　あ、あ、あっ♥　んあっ、はっ、はあっ……お腹の中で、先輩のが、びくんびくんって、なってるの……わかります……んんっ♥」

俺の反応に気をよくしたのか、沙絢の腰の動きは大胆に、激しくなっていく。

「せんぱい♥　ん、はぁっ……あうっ、んっ……」

ちゅぶっ、ちゅぶっ、じゅぷっ。愛液と空気が混じり合って生み出す淫音と共に、チンポが沙絢のおまんこを出入りする。

沙絢の吐息混じりの喘ぎ声に紛れるように、高い窓の向こう側からは運動をしている声が微かに聞こえてくる。

「はあ、はあ……ん、ふっ♥ 先輩、聞こえますか……？」

「ああ……聞こえてる」

「とってもドキドキしませんか？ 少し離れたところに、誰かがいるかもしれないのに、わたし達……、こんなことしてるんですよ？」

前々から思っていたけれど、沙絢は誰かに見られそうな状況に興奮するのかもしれない。だったら……。

「そうだな。誰かが、たまたまここへ来て、いきなり扉を開けるかもしれないな」

「……っ」

俺がそう言うと、ぎゅううっと膣が締まった。

人に見られたくない。人に見せたくない。けれども、もしもの可能性が、俺達の興奮を誘う。

「う、く……もしも見られたらって、想像して……沙絢、興奮しているんじゃないか？」

「ち、違います……わたし、そんなふうに思ってないですっ」

「本当に？」

「んっ♥　あ、あっ♥　んあっ♥　本当、ですっ。わたしのエッチなとこ、見ていいのは先輩だけなんです……先輩以外には見せたりしません……んっんっ♥」

「ああ、沙絢……沙絢のエッチなとこ、俺に見せて。俺にだけ、見せてくれっ」

彼女の快感を、淫らな姿を引き出すために、腰を突き上げながら、目の前で揺れる胸へと手を伸ばす。

たぷたぷと上下に踊る乳房を、支え持つようにして、ぐにぐにと揉みしだく。

「んふっ！　あ、は……んんんっ♥」

すっかり硬く尖っている乳首を指で摘まみ、強弱をつけながら左右に転がす。

「んっ、あ、ああっ♥　今、おっぱい、そんなにされたら……んんっ♥」

ぞくぞくと体を震わせ、沙絢がさらに乱れていく。

可愛い顔は快感に蕩け、だらしなく緩んだ口元から涎がこぼれ、顎を伝う。

「あっ♥　んあっ♥　あ、あ、あっ♥　先輩、先輩っ、先輩……!!」

腰を打ちつけるような勢いで下ろしたかと思うと、すぐにチンポが抜ける直前までお尻を高く上げる。

膣道で締めつけられ、襞《ひだ》で擦りながら、チンポを激しく扱かれる。

「んあっ、あっ、あっ♥　先輩、わたし、もう、う、くっ♥　先輩……あ♥　あっ♥」

さらに量を増した愛液が潤滑液となって、より大胆に、激しくなっていく。

痛いくらいに激しく擦られ、生まれた熱は全て快感へと変わっていく。

「く、沙絢のおまんこ、気持ちいい……！」

「あっ、あっ、わたしも……先輩のおちんちん、いいっ、気持ちいいですっ……んっ♥　あ、ああっ♥」

「沙絢……俺、もう……！」

いくら息を吸っても、酸欠になったかのように頭がくらくらして、口から心臓が飛び出しそうなくらいに胸の鼓動が昂ぶっている。

「わ、わたしも……い、くっ……いきますっ、せんぱい……あっ♥　あっ♥　いっしょ……いっしょにぃ……！」

「沙絢、イってっ。俺も、一緒にイくからっ」

腰を激しく上下させると、まるで本当に乗馬しているかのように、沙絢の体が大きく跳ねる。

ふわりと体が浮いたかと思うと、すぐに腰が落ちる。

じゅぷ、じゅぷっ、ちゅぐっ、ちゅぐっ、じゅちゅ！

淫音を響かせ、おまんこにチンポが出入りするたび、白く濁った愛液が粘つく糸を引く。

「はっ、はあっ♥　あっ♥　あっ♥　んあっ♥　あああっ！」

切羽詰まった喘ぎ声を挙げ、沙絢が絶頂へと駆け上っていく。

手の平から溢れるように、逃れるように、沙絢のおっぱいが揺れ踊る。

伸ばした両手で左右の乳首を同時に指で挟み込み、根元から先端まで上下に扱く。

「ふああっ！　んんっ、あっ♥　あっ♥　おっぱい、感じすぎちゃいますから……今、だめです……あ、あっ♥　んああっ♥」

おっぱいへの愛撫から逃れようとしているかのように、沙絢が弓なりに背中を反らす。

けれど、それはもう手遅れだ。

「くっ、沙絢……‼！」

俺はブリッジをするように腰を突き上げ、同時に両方の乳首をぎゅううっとこね上げた。

「ふぁ……⁉」

自分に何が起きたのかわからないというように、沙絢が戸惑ったような声を漏らす。

そして――。

「んあああああああああああああああああああああっ‼」

全身を痙攣させながら、沙絢が絶頂を迎える。

蠕動する膣道が収縮し、チンポがねじり絞られそうなくらいに締めつけられた。

「くうぁあああっ‼」

びゅるっるるっ、どぴゅっ、びゅぐううっ‼　ぶりゅっ、どぴゅうううううっ‼

自分でも驚くほど大量の精液が、沙絢のおまんこへと迸り、満たしていく。

「ひあっ♥　あ、ひっぐっ、また、いくぐぅ……！　あ、あああああああああっ♥」

　沙絢は俺の射精を受け止め立て続けに絶頂を迎えた。

「あ………♥　はっ、はっ、はあ、はぁ……せんぱ……すごかった、です………ん、ふあぁぁ……♥」

　全身を震わせていた沙絢は、まるで糸の切れた人形のように脱力すると、俺の胸に倒れ込んできた。


　完全に沙絢が回復して、行為の後始末をして外に出たときには、空はすっかり茜色に染まっていた。

　スマホを取りだして時間を確かめて、俺は思わず顔をしかめた。

「先輩、どうしたんですか？」

「下校時刻を過ぎてる。こんな時間まで何をしていたのか追及されたら面倒なことになりそうだな」

「悪いことをしているみたいで、ちょっとドキドキしますね♪」

「悪いこと……校則違反ではあるよな？」

「不純異性交遊ってことですか？　わたし達は将来を誓いあっているようなものですから、

純粋異性交遊ですよ？」

「いつ、俺と沙絢が将来を誓ったのかは置いておくとして……」

「置いておかないでください。大切なことなんですから」

「その話は、また今度な。今は見つからないように外へ出ることを考えよう」

「……わかりました。たしかに、ここで見つかって怒られたりすると、先輩との思い出作りがしにくくなりますし」

「……それ、本気で言ってたんだな」

「もちろんです。ですから……明日から、よろしくお願いしますね、先輩♪」

エピローグ　未来への思い出作り

「先輩は先輩なんですから、わたしよりも一年も早く卒業しちゃうんですよ？　だから、思い出作りに協力をするのは当然です」

……というような沙絢の主張もあって、最近の俺達は、様々な思い出作りをしている。

放課後には寄り道をして楽しんだり、一緒に図書室や図書館で勉強をしたり、休日にはデートをして、お互いの家に遊びに行き、体を重ねることも珍しくない。

「でも、それだけじゃ足りないってことだよな？」

「足りないとは言いませんけれど、学校でも先輩との思い出作りをもう少ししたい……って、なんで笑ってるんですかー」

「沙絢が、そんなふうに言ってくれるのが嬉しいからだよ」

「……わ、わたしが先輩との思い出を欲しいということだけが、理由じゃありませんし！」

「他の理由って、どんなのがあるんだ？」

軽くからかい気味に、そう尋ねると、沙絢はにやりと口の端を上げる。

「先輩は学校生活で、楽しい思い出がほとんどないでしょう？」

「うっ⁉　それはたしかに……」

沙絢の指摘はまったく否定できない。

照れた彼女が可愛いとはいえ、どうやらからかい過ぎたようだ。

「だから、少しでも増やしてあげようと、親切と気遣いから言っているだけです」

付き合いだしてからも、こうして昔に戻ったような態度を取ることがある。

自覚しているかはわからないけれど、沙絢がこんなふうになるのは、俺にかまってほしいと思っているときなんだよな。

そう思うと、自然と笑みがこぼれる。

「また笑って……もう、いいです。先輩は、可愛い、可愛い、とっても可愛い恋人のお願いを断ったりしませんよね？」

「もちろん、断ったりしないよ」

「それで、今日はどうします？　裏庭でシートを敷いて、ひなたぼっこでもして過ごしましょうか。先輩が望むなら、ひざまくらしてあげますよ？」

「それは魅力的な提案だけれど……そんなことばかりしていると、本当に留年しかねないな」

「あれ？　わたしの計画に気づいちゃいました？」

「狙っていたのかよっ⁉」

「だって、もしもそうなったら、もう一年間、先輩と一緒の学校にいられますし」

今の俺達にとって、一年の差は小さいようで大きい。

「いや、さすがにそれは避けたい。そんなことになったら、ひとり暮らしの許可も出ないだろうし」

「ひとり暮らし、ですか……？」

沙絢がきょとんとした顔をしている。

……そういえば、まだ話をしていなかったっけ。

「俺の進学希望がどこなのかは知ってるだろう？」

「知っているからですよ。実家からでも通える場所ですよね？」

「そうだな……それなりに遠いけど」

「だったら、どうしてひとり暮らしをするんですか？」

進学で学校が別になり、住む場所も変わるのかと、沙絢はその表情に不安を滲ませる。

「そのほうが、沙絢も気兼ねなく一緒にいられるだろ？」

「え……？」

「……まあ、そういうことだよ」

「それって……わたしと同棲をしたいってことですか？」

「さすがに気が早すぎるだろ。学校はどうするつもりなんだよ」

「それなりに遠いけれど、先輩の部屋から通える距離なんですよね？」

「ぐ……」

あっさりとやり込められてしまった。

「とはいえ、たしかにまだ在学している最中に、先輩と同棲はできませんね。しばらくは週末の通い妻、くらいで我慢しましょう」

どうやら調子を取り戻したのか、いたずらっぽく笑いながら聞いてくる。

慌てる俺を見て楽しむつもりだったんだろうけれど……。

「そうだな。で、沙絢が卒業したら、一緒に暮らそうか」

「え……？」

沙絢の顔がみるみる赤くなっていく。

「先輩、本気で言っています？」

「本気じゃなければ、こんなこと言えないだろ？　とはいえ、ちゃんとご両親に挨拶をして、許可をもらってからだな。それがダメなら――」

「わかりました。今から両親を説得しておきますっ」

沙絢が食い気味に答える。

「ええと……」

「……今の話、やっぱりなしだなんて言いませんよね？」

「言うつもりはないけど……まだ、何も決まっていないようなものだぞ？　そもそも、俺が合格してひとり暮らしをすることになってからの話だし」

「それもそうですね……では、先輩がちゃんと合格できるように、これからは、もっと本気で一緒に勉強しましょう」

「あ、あれ……？　俺が面倒を見られるみたいな流れだな？」

「そうですよ。ひとりにすると心配ですから、これからもわたしが先輩の面倒を見てあげます」

　ふふんっと胸を張っている。

「……ほどほどに頼むよ」

「任せてください。未来の幸せ夫婦生活のためにも、全力でがんばらせてもらいますから」

「夫婦って……沙絢の中で、俺達の人生計画がだいぶ進んでいるみたいだけれど、まずは同棲だからな？」

「ええ、わかっています。暇さえあればお互いの体を貪り合うような、爛れた生活をするんですよね♪」

「よし、誤解のないようにちゃんと話し合おうか」

「でも、結果的にはそうなるんじゃないですか？」

「それは……否定できないかもしれないけれど……」

「否定、したいんですか？」

耳音で艶っぽく囁いてくる。

「……普通の恋人らしい感じを目指そうか」

「普通の恋人なんていませんよ。わたしと先輩らしくすればいいんです♪」

「お手柔らかに頼むよ」

「ということで、まだ時間はありますけれど先輩が好きで好きで愛してやまないわたしと思い出作りをしましょう」

「沙絢、ずいぶんとやる気に充ち満ちているな……」

「先輩はやる気はないんですか？」

「そんなふうに見えるのか？」

俺は沙絢の頬に手を添えると、唇を重ねた。

「んっ、ちゅ……ふぁ……先輩……」

とろりと目尻を下げた沙絢に、俺は尋ねる。

「……想い出作り、学校でなくてもいいのか？」

「今の先輩の部屋に、あと何度来られるかわかりませんから……それに、学校での思い出作りは明日から、一緒にがんばればいいですし」

「明日からがんばるのか」

「そういう話をしていましたよね？」

「そうだったな」

顔を見合わせて笑い合う。

「先輩……」

沙絢にねだられ、俺は再び唇を重ねる。ちゅ、ちゅっとついばむようにキスをしながら、彼女の体をベッドへと横たえる。

唇だけでなく、頬や顎、首筋にキスを落としながら沙絢の服を脱がしていく。

「ん、あ……先輩……んっ♥　ちゅ、ちゅむ、ん……」

エッチをし始めたばかりの頃は、服や下着を脱がすときに上手くできずに戸惑ったりもしたけれど、慣れた今はそういうこともない。

「わたしだけ、恥ずかしいです……先輩の服も、脱がしちゃいますね」

そう言って、沙絢が俺の服を脱がしていく。

服を脱がせ合いながら、互いの体に触れ合って気分を高めていく。

「沙絢のおっぱい……また少し大きくなった？」

「ん、わかりません……でも、感じやすくはなってます……先輩が、たくさん弄ったからですよ？」

「前から敏感だったような気がするけど……」

愛撫に反応して色味が濃くなってきている乳輪を指の腹でくるくると撫でる。

「んっ♥ あ、は……今みたいに、んんっ♥ すぐ、気持ちよくなったりしませんでした」

「本当に？」

硬く尖っている乳首を押し込みながらグリグリと上下左右に転がしていく。

「あ、だめ……それ、だめです……んっ、そんなにされたら、感じるの、当たり前じゃないですか……んっ♥ ふああっ♥」

目が潤み、頬が赤く染まる。エッチなスイッチが入ったように、沙絢の表情や吐息が艶を帯びる。

薄く開いた唇に誘われるようにキスをする。

「ん、ちゅむ……んっ、んっ……はあっ、はあっ、ちゅむ、ぴちゅ、んっ♥ んんっ♥」

上唇を挟んだり、下唇に舌を這わせたりと、沙絢とのキスをじっくりと楽しむ。

たっぷりと唾液を乗せた舌と舌を絡める。キスが激しくなるほどに、沙絢の表情が甘く蕩けていく。

「こうしていると、沙絢と初めてエッチをしたときのことを思い出すな」

「ん……はあ……♥ あの頃に比べて、お互いに……上手にキスができるようになりましたよね」

初めてしたときのことを思い出しているのか、沙絢がクスクスと微笑う。

「そうだな。でも、上手になったのは、キスだけ？」

手の平を押し返してくる柔らかな弾力を楽しみながら、沙絢の好きなやり方でおっぱいを愛撫する。

すっかり勃起している乳首を指で弾き、ぷっくりと充血した乳輪を刺激する。

「あっ♥　んあっ♥　あ、ふっ……先輩、おっぱいの触り方……上手になりすぎです……んんっ♥」

沙絢は軽くのけぞりながら、甘く喘ぐ。

「はあ、はあ……でも、わたしだって……先輩に負けないくらい、上手になっているはずですよね？」

そう言うと、沙絢はお返しとばかりに俺の股間へと手を伸ばしてくる。

「んふふ♪　おちんちんの触り方も、気持ちよくするやり方も……色々と、教えてもらいましたよね？」

沙絢は慣れた手つきで竿を扱き、裏筋を撫で上げたかと思うと、手首を左右に捻るようにして亀頭をくるくると擦りあげてくる。

「どうですか？　先輩……おちんちん、気持ちいいですか？」

「……うん、気持ちいい……」

このまま射精してしまいたい。そんな甘美な誘惑に身を委ねてしまいたくなる。

「はぁ、はぁ……じゃあ、俺も……おっぱいじゃなくて、こっち、もするな」

乳房の描くラインをなぞり、くびれた脇腹を撫で下ろし、くぼんだヘソをくすぐり、股間へと辿りつく。

「あ、せんぱ……んんんっ♥」

沙絢の秘所——割れ目に触れると、そのまま指を軽く上下に滑らせる。

十分に湿り気を帯びていたそこを擦ると、すぐにくちゅくちゅと粘つくような水音が聞こえてくる。

陰唇を指で開き、愛液を滲ませている膣口の周りを、ピタピタと指の腹で軽く叩いて刺激する。

「んっ♥　んっ♥　あ、ふあああぁ……♥」

強まった刺激に、余裕がなくなってきたのか、ペニスを愛撫していた沙絢の手の動きが鈍くなる。

彼女の快感を引き出すために、充血してふかふかになっている陰唇や、包皮から顔を出しているクリトリスに、愛液を塗り広げるように指を這わせる。

「ひゃんっ♥　あ、ふああ♥　ん、んくっ、あ、ふぁ……は、あぁあんっ♥」

敏感な場所に触れるたびに、撫でるたびに、沙絢の体に震えが走り、ビクビクと腰が跳ねる。

愛撫をしながら彼女の甘い声を聞き、昂ぶっていく淫らな姿を目の当たりにすれば、我慢なんてできるはずもない。

「沙絢、いいか？」

「はあ、はあ……いいです。わたしも……先輩にしてほしいです……」

沙絢は俺が挿入しやすいように、自ら足を大きく開いた。

処女の頃のままのような薄桃色の秘裂に指を添えると、自ら左右に開いた。

ヒクつく膣口からは、白っぽく濁った愛液が滲んでいる。

亀頭を擦りつけて馴染ませ、そして……おまんこ深くへ、一気に挿入する！

「んあああっ♥」

びくんっと、沙絢の体が大きく跳ねた。もしかしたら、挿入しただけで軽く達したのかもしれない。

「んっ、あっ……深く、繋がってる……。先輩で、いっぱいになってるの感じると……幸せ♪」

はあはあと息を乱しながら、沙絢が俺の腰に足を絡めてぎゅっと力を込めてくる。

動くにはやや不自由な体勢だが、そんなことも気にならないくらいに激しく動く。

「んっ、んあっ、あっ、あっ………んんっ♥　あ、はっ……んあっ、あああっ♥」

軽イキしたからか、刺激に敏感になっているのだろう。

快感が強くなりすぎているようで、沙絢は少しずつベッドの上のほうへとずり上がっていく。

俺は沙絢と手を繋ぎ、指を絡めてしっかり握る。

離れたくない。もっと深く繋がりたい。俺と同じように沙絢も感じてくれているのが伝わってくる。

深く繋がっているチンポが、うねうねと別の生き物のように動いている膣道で締めあげられ、擦られる。

一つに融けあっていくような快感の中、俺達は互いに腰を使う。

俺は沙絢の感じる深い場所を押し上げ、グリグリと刺激する。

「んあっ♥　んくっ、ふぁあっ！　あっ♥　奥、ぐりぐりされると……んああっ♥」

子宮口の辺り――慣れると、より深い快感を得られる場所を、リズムをつけて、何度も突き上げる。

「沙絢は、ここを責められるのが好きだよな？」

「んっ、んっ……好き、好きですっ。そこ……気持ちいいですっ……んあっ♥　あ、ああっ♥」

沙絢が感じるのに比例するように、膣道の動きが激しくなっていく。

粘膜同士が擦れ、痛みにも似た強烈な刺激に、俺も一気に昂ぶっていく。

「く……！　このままでも、出そうだ……」

「ん……いいですよ。先輩、びゅーって、おまんこいっぱいになるくらい、射精してください」

うっとりと目を細め、沙絢がねだる。言葉だけでなく、腰を軽く前後に揺すって、射精を促すように刺激してくる。

快感に身を任せ、このまま出してしまいたい。

湧き上がってくる快感と欲求は、抗いがたいものだった。けれど――。

「イクなら、一緒がいい」

「あ……はい。いっしょに……先輩と、一緒がいいですっ」

沙絢が笑みを浮かべて、そう答える。

「うん。一緒に」

握った手に力を込め、キスをする。

「んむっ♥　ちゅ、はぷっ……んっんっ……先輩、先輩……んあっ、あっ♥」

今まで以上の快感なのだろう。沙絢はその可愛らしい顔を淫らに蕩けさせている。

「あ、あっ、先輩っ、先輩っ♥　んあっ、い、いいっ、気持ちい……あああっ♥」

目を見開き、ぐっと背中を反らす。

「んはぁっ♥　先輩、わたし、もう、いくっ、んぁっ、ああっ♥」

「俺も、もう、イキそうだっ！」

「あっあっ♥　ん、はぁっ、先輩っ♥　んぅっ、あっ、はぁっ！」

　蠕動する膣襞が肉竿を締め上げる。

　腰に回された足に、力がこもる。

「あっ、あっ、先輩……わたし、また……いくっ、いっちゃいますっ」

「いいよ、沙絢っ。何度だって……イッていいからっ」

　降りてきている子宮口を、さらに強く叩き、押し上げる。

「ふあああぁあっ⁉　あ、そこ、らめっ、せんぱ……それ、されると、いくっ、いっひゃう……がまん、できなくにゃ……ああああっ♥」

　目の端に涙をにじませ、緩んだ口の端から涎をこぼし、ひっきりなしに喘いでいる。

「はっ、はっ……んああっ♥　きてっ、きてくださいっ♥　んぁ、わたしの中に、先輩のせーえき、いっぱい出してぇっ♥」

　嬌声をあげながら、沙絢が俺を求めてくれる。

「んはぁっ、あっあっ♥　もう、いくっ、いぐっっ！　あぁっ、せんぱい、イクッ！　ん、はぁっ、あぁぁ♥　せんぱい、出してぇっ♥」

　腰奥から熱い塊がせり上がってくる。

「くっ、沙絢っ!!」　びゅぐっ、びゅっるるるっ、びゅび、びゅぐうううううっ！

「ふああああああああああああああああああああああっ!!

俺が射精するのと同時に、沙絢も達した。

「んはぁぁぁぁぁっ♥　あ、あぁっ！　出てるぅ……ん、あぁぁぁぁ……先輩の、熱いの、おまんこに、んぁ、いっぱぁい……♥」

射精を受け止め、甘く呟く。

「あ、は……沙絢……」

最後まで全てを放出し終えると、俺は沙絢のことを強く抱きしめる。

「はぁ、はぁ……あ、ふ……♥　ん、ぁ……ねぇ、先輩……」

「うん……？　何かな？」

「あの……わたしの中に入ってるの……おっきいままなんですけど……もっと、したいってことですよね？」

「一回だけだと、思い出作りとしては不足なんじゃなのか？」

「不足だなんて言いませんけど……でも、思い出は多いほうがいいかもしれません」

さっきのやり取りの再現のような会話をすると、俺達は笑い合う。

「それじゃ、次はさっきよりも激しくして、絶対に忘れられないような思い出を作ろう」

「え？　あれ？　先輩、なんでそんなにやる気になっているんですか？」

「うん？　俺も、沙絢との思い出をたくさん作りたいから、かな」

「なんか、悪い顔して笑ってますけどっ⁉」

「そんなことないぞ？」

笑顔でそう応えると、俺は彼女にキスをした。


「……先輩、嘘つきです」

「う……⁉　そ、その……ごめん」

憮然とした顔をしている沙絢に、俺は頭を下げて謝る。

「……もう一回とか言ってたのに……結局、何回だったんですか？」

「ええと……四回、かな」

「……わたしは、自分じゃわからないくらい、何度もイかされたんですよ？」

「沙絢がすごくエロくて、めちゃくちゃ可愛くて、抑えが効かなくなって……つい」

「先輩がわたしのことを大好きなのはわかりました。でも、思い出作りのためにしていたはずなのに、途中からわけがわからなくなっちゃったんですけれど？」

「だったら……もう一回、やり直すか？」

「む、無理ですっ！　今だって、足に力が入らないし、腰だって重くて……アソコもジンジンしてるんですから！」

「その……今すぐじゃなくて、日を改めてってつもりだったんだけれど……」

「あ……」

かああっと、顔を真っ赤に染め、恨めしげに俺を睨んでくる。

「ええと、なんだ……こういうのも、思い出ってことでいいんじゃないか？」

「はあ……そういうことにしておきます。どうせ、エッチな先輩と付き合うのなら、こういうことも何度もありそうですし」

「でも……そういう思い出も、ふたりで一緒に重ねていくから意味があるんじゃないか？」

「共白髪ってやつですね！」

「あれ？　もうそこまで一緒にいることは決まってるのか？」

「はい。決めちゃいましょう♪」

「まあ……それも悪くないかもな」

これからも彼女に振り回され、ときどき振り回したりしながら、共に過ごしていくのだろう。

そんなふうにふたりで過ごす日々は、きっと楽しいに違いなかった。

あとがき

みなさま、ごきげんよう。愛内なのです。
生意気ながらも一途な面が見える後輩美少女。背伸びした誘惑にはたまらないものがありますね。そのぶんえっちなことに積極的なのも、素晴らしいです。経験を積んでいくことで、お互いに成長しつつも、欲望には更に忠実になっていくイチャラブの過程を、ぜひお楽しみ下さい。

挿絵の「能都くるみ」さん。可愛らしくも、妖艶さもある表紙で、とても素晴らしかったです。まさに小悪魔感があって、いいですね！　ありがとうございました！　またぜひ、別の企画でもご一緒出来ればと思います。
それでは、次回も、もっとエッチにがんばりますので、新作でまたお会いいたしましょう。バイバイ！

２０２１年７月　愛内なの

ぷちぱら文庫 Creative

罰《ばつ》ゲームでからかわれた俺《おれ》、小《こ》悪《あく》魔《ま》な後《こう》輩《はい》に慰《なぐさ》められることに⁉

~今度《こんど》は信《しん》じていいの？　エッチもさせてくれるの⁉~

2021年 8月27日　初版第1刷 発行

■著　　者　　愛内なの
■イラスト　　能都くるみ

発行人：久保田裕
発行元：株式会社パラダイム
〒166-0004
東京都杉並区阿佐谷南1-36-4
三幸ビル4A
TEL 03-5306-6921
印刷所：中央精版印刷株式会社

PPC272

▼シリーズ 既刊作品▼

やっとできた彼女だったのに
親の再婚で兄妹になりました!?
～ひとつ屋根の下で
バレずに経験できるかな?～
ドキドキしすぎて、
我慢できなく、
なっちゃうかもね♥
クラスメイトの健吾と彩夏は、親の再婚で兄妹となった。しかし困ったことに、直前の告白で恋人同士にもなっていたのだ。家族として暮らし始めてからも、恋人らしいことはしてみたい。もちろん、エッチなこともだ。意外にも彩夏のほうが積極的で、こっそり初体験は済ませたが、それからも毎日欲求は膨らんでしまう。秘密の恋人関係は、どんどん過激になっていって…。
ぷちぱら文庫
Creative 264
著：愛内なの 画：能都くるみ
定価：本体810円(税別)